神州奇侠闯荡江湖

◎著 温瑞安

作家出版社

目录·

○○一 【自序】性情中人

○○一 【第一回】心刀与手刀
○一三 【第二回】权力帮主
○二七 【第三回】李沉舟
○四三 【第四回】争夺
○五二 【第五回】铁骑银瓶·东一剑西一剑
○六七 【第六回】木叶豹象·章残金万碎玉
○八五 【第七回】英雄血！仇人头！
○九七 【第八回】第一次决斗
一○六 【第九回】大雁塔里的秘密会聚
一二二 【第十回】塔里的血案和灞桥上的械斗
一三八 【第十一回】终南山上
一五一 【第十二回】秦凤八与陈见鬼
一六三 【第十三回】第二次决斗
一七五 【第十四回】第三次决斗
一八八 【第十五回】没有脸目的人
一九八 【第十六回】二胡、琴与笛

自序：性情中人

温瑞安

《闯荡江湖》一书共分四章十六回，其中第一章完成时我曾按照我写作的惯例留下按语："稿于己未年除夕"。第二章则是："稿于庚申年风波中的元宵"。第三章是："稿于一九八〇年三月五日，全力补救、寻索、挣扎中"。第四章是："稿于一九八〇年三月九日，'亡于友手，非战之罪'卖友求荣之日"。这些附注在新版出书时，已作了些改动。

"己未年"就是一九七九年，"庚申年"便是一九八〇年，把上述时间排列在一起，细心的读者便会发现当时何其倔强坚定的我，如何在那三个月之内，遍尝"兵败如山倒"，被自己亲如手足的友朋冤屈及背弃的滋味。在万盛版的序文，写于一九八〇年三月八日"决意复苏之夜"，自有一段惊心动魄的挣扎过程，当时我被最亲爱看重的社员和弟妹打击得何等沉重！曾一度消沉，痛不欲生，要不是娥真、铁铮等弟妹劝勉我，连当日坚忍如我者也无法恢复，真有点斗志全消，只是刚强的我不想让亲痛仇快者知悉罢了。

岂料经过长期的"养伤"后，三月八日才振作起来，"决意复苏之夜"便因而记下，第二天的"三月九日，'亡于友手，非战之罪'卖友求荣之日"便发生了。一天之差，变动如此，可见个中剧烈。我的最后一组残兵和信重的朋友，等我刚从汹涌波涛中抱住浮木之际，更丢下了粉身碎骨的炸药。那段日子对人性的失望、对朋友的绝情，简直心如死灰。我只是不认命、不服输，相信我的朋友们只是霎时冲动，一时误会，彼此情义尚在，我一定要维持下去，上天定不负苦心人。于是，我在尚剩下来的数位挚友共同努力下，迅速地又撑起了一方局面。后来书陆续出版，新秀人手，不住涌现，残局成了新气象，记忆力好的读者想必不会忘记，那其实是咬着牙、忍着痛让伤口淌血下苦撑的。

　　也不知道我的朋友们（曾是兄弟）为何这般忍心，前述的惨情，原来不过像一本书中的"序"。刚喘得一口气，劫后余生的小小局面，便因他们一念之间的诬陷而没顶。那才是刚刚开始。这之后，数年来，粉碎了诗社，破坏了一切，连半句解释，也没有机会，连半个子弟也不留给我，就连半点财物，也零星落索。而且他们还站在自以为正义的一方，我在天之涯、海之角，还要时常受批评清算。

　　我生气吗？我生气过。

　　我恨吗？我恨过。

　　当我和小方流落天涯、孤苦无依的时候，我也埋怨过天道不公，世间公理何在？

　　可是我现在还生气吗？恨吗？

　　不。

　　没有这一场噩梦，温瑞安只是一把没有炼过的剑。无论前面再大的埋伏与否定，我只有温情与肯定。因为我是我，我不会因打击而对人性失去信念。

　　虽然在写《闯荡江湖》时，我一度"几乎"失去过。不要怪责这本书里的语言文字忽然转得诘屈聱牙，艰僻生涩，那是因为我在一段长期悲屈无明的岁月中撰写的。那时候，刚刚写到"君临天下"李沈舟出现，跟眼前的现实情景，形成何其讽刺对比，但我还是写下去，因为我不能像很多人一般一走了之，我要向读者朋友交代。任何人在那种情形之下，都会感觉到自由封塞，找不到出路,更何况是喜怒均形于色不肯虚伪做人当时的我。所以,在语言文字上,只好"杀出重围"。所以笔下不惜"剑走偏锋"。

要是再给我重写一次,有很多情节,我不一定会这样写。至少,我从来没有陷害过我的兄弟朋友,而且也从来没有真正对陷害过我的兄弟朋友作过报复。我何必要这样写?让天下的人误解我,让疼惜我的人为我的书担心?原来当时心里所受到的委屈,要在书中以剑气宣泄,原来我只是一个不够深沉奸诈的性情中人,在人世间的风波险恶中,成为一个众矢之的被伤害斩除的对象。

这简直是对"神州奇侠"全书所持信念的一大讽刺。

稿于一九八四年六月十一日 《星洲联合晚报》正连载《逆水寒》

重校于一九九三年七月四至八日 受邀成金咭会员,《活水》收入我诗作。

修订于一九九八年七月十七日 与静赴港后第一次返卜卜斋第一夜 / 康能赶来叙于丽莎 / 竹家庄"四大名捕"与方聚餐 / 小飞过海回港出入平安 / 回家见"英雄"、"破阵"、"大对决"等已运到,喜如见故人。

第壹回 心刀与手刀

——真正的好刀,不是换来换去的这些刀,而是只有一把——上天入地,碧落红尘,只有这把心里的刀好,手中的刀才利。

"到金顶去。"萧秋水说。

"去做什么?"萧开雁问。

萧秋水良久没有答。

"如果我告诉你,"他终于说,"你能不能不生气?"

萧开雁沉实地颔首。

"我答应了剑王临死前的要求,把无极仙丹送到李沉舟手里;"萧秋水简单、扼要地说:

"而今李沉舟正在峨眉金顶之上。"

李沉舟是毁掉浣花剑派的元凶,也是武林白道人物之首敌,更是族仇家恨的匪魁;——而今萧秋水却答应了一个毁灭萧家的首脑之要求,给李沉舟送上武林人士梦寐以求的瑰宝:无极仙丹!

萧开雁没有直接回答。

他平实恳切的脸,横着浓眉,在遥望山谷远方、远方的山谷。

远方有云、有天光。

"峨眉的云,真不同凡响。"他忽然冒出了这一句话来,萧秋水举目望去,高处不胜寒。

"从前武林中有对兄弟,姓姜,人人都知道姜氏兄弟一联手,天下难敌手。又说姜氏兄弟两人一心,如同一人:姜任庭是老大,运筹帷幄;姜瑞平是老幺,决胜千里。"

萧秋水望定他的二哥,他不明白萧开雁为什么要在此时此地,说起这些。

"可惜后来姜二成名了,名气几乎要比姜大还大。他渐渐脱颖而出,做事不在他老大的影子之下了,自创了一套方法,而且扬名关外,很多姜大以前的旧部,都跟了他,于是,两人终于相互猜忌起来……"

萧开雁平静地说下去:

"终于他俩为了彼此的自尊、权威、人手、利益,而引起争端。姜二年少气盛,声名鹊起,姜大身边的高手,转成了姜二手下的红人,姜大心想:你既吃碗面翻碗底,我索性要你好看,究竟姜还是老的辣……为了证实这点,他颠覆姜二身边的亲信,并且遣人在姜二的组织里卧底,离间、挑拨、狙击,无所不用其极;他弟弟开始姑念其栽培之恩,一再忍让,但不甘被对方小觑,又怕退无容身之所,故挺身而战,所用手段之辣,亦不在乃兄之下……"

"如此,"萧开雁很快地结束了这个故事,"两兄弟拼斗不已,实力大损,姜二屡次要求复合,姜大碍于颜面拒绝,待姜大有意撮合时,姜二羽毛已丰,无意回头了……所以当权力帮崛起时,这两兄弟,便给逐个击破、个别消灭了。"

"每个人有每个人做事的一套方法,"萧开雁凝视他弟弟,说出了他的结论,"只要你信任他,便由他做去。"他殷实黝黑的方脸坚毅无比:

"你要送交东西给李沉舟,便去吧。"

"我信任你。"

萧秋水看着他这个沉实甚至太老实了的哥哥,眼中不禁已有了崇敬之色,他补充说:

"那无极仙丹,其实是假的,而且有毒。"

萧开雁"噫"了一声,沉吟了一下,终于道:

"我告诉你这个故事,倒不是指我们两个,而是大哥和你的

性格,易生摩擦,从办'十年会'一事上,便可看出。"他接着又说:

"他在点苍之败,引为毕生之憾,现处于失意期间,此刻不宜再刺激他。"

萧秋水急询:"大哥有消息了?"

"没有。"萧开雁望向山谷间的云雾,老实的脸上呈现了担忧的神色,"不过我知道他一定还活着。"

"我了解。"萧秋水答。他现在才正式感觉到这平时木讷的二哥,并不像一般人想像中那么鲁钝,——这就是大智若愚么?"如果我见着大哥,尽可能会让着点。二哥不用担心。"

"那我就放心了。"萧开雁道,他每一个字每一句话都是那般有力,"从前的权力帮,为了灭'姜氏兄弟'一脉,折损了创帮立道的钱六和麦四两大高手。"萧开雁叹了一声又道:

"要是'姜氏兄弟'不分开,当时权力帮倾全力也未必是他们的对手,也不会有今天权力帮坐大的局面了。"

"我懂,"萧秋水连声低应,"我懂得。"

萧开雁平实的脸诚实地开心了起来:

"你懂得就好。"

"我们上金顶去吧!"

"我们?"

"对。我们,一齐!"

峨眉山以万佛顶为最高,次为金顶,再为千佛顶,但以景色幽境佳绝,仍以金顶称最。

在峨眉,东可望二峨、三峨两山,南可眺枭湖诸名山,西见晒经山，北瞻瓦屋山，真是："会当凌绝顶，一览众山小。"

他们两人才走到天门石附近，便发现这灰黑色丈高的巨石上，坐了一个人。

一个温文的青衫少年。

乍见有些像柳随风，然而又不是。

下面的路狭窄，一下小心，就摔落万丈深崖。

萧秋水、萧开雁同时都想起，近日来盛传的"战狮"古下巴之死，死前有一个温文的青衫少年跟踪，然后战狮等一众高手，都分别身首异处或被吓死等，无一能活着下山。

莫非这青衫少年便是……？

那青衫少年向他们笑了。

"你们要上金顶？"

萧秋水反问："你是谁？"

那青衫少年还未答话，山坳处又出现了人踪，青衫少年飘身在一簇一簇迎风吹送的茅花之间，轻笑道：

"奇怪，今天访客怎么特别多？"

萧秋水笑了，笑容里有说不出的讥诮："哦，访客？"他说：

"峨眉山是你买下来的吗？"

青衫少年好像没看见也没听出来他的讽刺似的，道："便是我买下来的。"

萧秋水倒吃了一惊："你真的买了整座山下来？"

青衫少年笑了："天下之地，莫非皇土；权力帮君临天下，这小小一座山，区区的一峰金顶，当然是我们的。帮主亦早已把这山的管辖权，赐了给我。"

萧秋水瞳孔收缩，戒备地道："你是……"

青衫少年抿嘴一笑:"李大帮主座下一名小卒而已……"

话未说完,来人已欺近天门石,一现身,就分东、南、西、北四个方向,对青衫客展开包围。

原来这四人不是别人,正是朱大天王属下"三英四棍、五剑六掌、双神君"中的"五剑"之四("蝴蝶剑叟"已为剑王屈寒山所杀——见神州奇侠故事之《英雄好汉》):断门剑叟、腾雷剑叟、闪电剑叟、鸳鸯剑叟等四人。

这四人武功高强,原与萧秋水相熟,曾先后在丹霞岭上、峨眉山下与萧秋水照会过;萧秋水还曾拯救过其中的腾雷剑叟,所以相交不恶。

只见这四人如临大敌,少年却洒然无惧,萧秋水大奇,惑然问:"你是……?"

青衫客却洒然一挥手,大石之后,立即有十八个眉清目秀的青衣童子走出来。

十八个稚童出来后,又出来十八个幼童,每个束髻冲辫的童子手上,都拿着个长方形的沉甸甸的匣子。

青衫客笑道:"开!"三十六个匣子一齐打开,一时寒光乱影,映眼耀目,原来三十六个匣子里,有三十六柄不同形状的刀。

青衫客笑向萧秋水说:"你刚才问我是谁,现在你总该知道了罢?"

萧秋水嘎声道:"刀王?"

青衫客一笑,随手拎起一把刀,众人离青衫客虽远,但青衫客手一执刀,刀一横胸,众人只觉胸臆为之一塞,寒意越距侵入。青衫客道:

"这是冰魄寒光刀,原藏于极北之处,深入地底,近年来被该爱极思剑魔人所掘发，现在落入我手中，用此刀者，每一刀劈出，俱是冰之魂、雪之魄、霜之灵、寒之胆，——这是一柄难得的奇刀。"

忽然一闪身，冰魄寒光刀已摆回匣子里，他左手又自另一童子匣中抄起另一柄刀，这刀平平无奇，但一拿在手中，刀身立即发出大漠风沙一般的嘶鸣以及隐漾红光，青衫客道：

"这是宝刀，名叫班超。"

汉时班超与手下三十六剑客，扬威异域，喋血万里，纵横大漠，功高日月，这把刀名叫"班超"，足可见其威，青衫客笑笑又道：

"这刀就是昔年班超所用，三十六剑客用的是剑。他们的头领使的却是刀，好刀，快刀！"他随手一指再指，道："那刀是'割鹿刀'，秦时逐鹿中原，始皇帝令一代炼剑大师廉大师所铸，逐鹿中原，割而分之，便是这把刀；"青衫客顿了顿又说：

"那是赵武灵王胡服骑射，富国强兵，师胡之长以制胡的贴身利刃，名叫'杀胡刀'，这刀一旦露锋，杀势第一；"青衫客笑笑又道：

"有些刀，单只一柄不为刀，要两柄合在一起，才算是刀，有的更要七八柄，甚至十几把，加在一起，才为飞刀，你看！"说着又拍了拍手。

石门之后，又走出三十六名童子，他们手上也有匣子，但盒子较为宽大，打开来尽是亮光闪闪的刀刃，青衫客随便指了指，点了点：

"那，那，那——那是鸳鸯刀，两柄合为一把，要两柄齐施，才见功力；那儿的是'七级浮屠刀'，要七七四十九柄一齐发出

去,鬼哭神号,方能见效……"青衫客一口气说到这里,吁了一口气,舒了舒身子,有说不出的倦意与潇洒,道:

"不错,我便是刀王。"

他笑笑又道:"我告诉你们六个人这些,是要你们各自选择一把属于你们自己的刀——我就用那把刀杀死你们,这便是我对你们最高的尊敬。"

他说"杀人"的时候,眼神充满了虔敬,仿佛能死在他刀下的,是一件很光荣而庄严的事。

"我只诚于刀,我是刀王。"

断门剑叟"霹雳"一声,怒喝道:"什么刀王?剑王尚且死于我们剑下,你装腔作势,到头来也免不了一死!"

刀王脸色陡变,涩声道:"剑王死了?!"

腾雷剑叟傲然道:"朱大天王的人要杀你们,还有幸免的不成?!"

鸳鸯剑叟冷笑道:"兆秋息,你还是随屈寒山的冤魂去吧!"

兆秋息,就是权力帮"八大天王"中"刀王"的原名——"刀王"兆秋息、"水王"鞠秀山、"人王",都是李沉舟身边的爱将,也是权力帮中的重将。

——而"刀王"兆秋息和"剑王"屈寒山的感情又极深,"刀剑不分家",在权力帮来说,是两扇门神;在李沉舟来说,也如同左右双手。

而今屈寒山却死了。

近日来权力帮在波诡风云的江湖变化中,牺牲已然极大,兆秋息心里是难过的:——如此强大鼎盛的一个权力帮,是靠了多少努力,仗赖了多少人才,经历了多少次险死还生的血战,方才有了今天的局面，近日却屡失人手，损兵折将……

——而今居然连"剑王"都死了！

闪电剑叟见兆秋息呼吸急遽，他的眼睛亮了。

高手对敌，愈是愤怒，愈容易导致疏忽，只要有大意，便有机可袭。

闪电剑叟道："不但剑王，你们的火王，便死在峨眉山下；鬼王，死在锦江之中；药王，也被斩杀在浣花溪畔……你们'八大天王'，早已死得七零八落了，啊，哈哈，哈——"

萧开雁忽然冷冷地加了一句："一双蛇王，也死在伏虎寺中。"

他加上这一句，是因为他也看出一个人在盛怒与悲恸中，连语音说话难免都会尖锐起来，武功必然打了个折扣——在这种情形下出手，很容易有机可乘。

萧开雁虽然老实，但并不古板，权力帮是他们共同的敌人，他自然乐得与朱大天王的人共同歼灭当前劲敌再说。

萧开雁的话，连同"四剑叟"的话说了下去，"刀王"全身就开始发抖：他不是怕，不是畏惧，而是悲愤。他武功高，但年纪轻。他还嫩，还很容易，很容易就激动。

他突然抄起了一把刀。

一把黝黑的刀。没有丝毫光彩的刀。

四剑叟与萧开雁诸人正在等着他出手。

一待出手，就全力还击。

兆秋息出刀。

刀劈天门石。

"轰隆"一声，丈高的天门石，分裂为二。

石破天惊，兆秋息回刀横胸，大笑三声，满目是泪，但激动已平息。

他的伤悲与愤懑，已随着那一刀，劈进了山石之中。

他又回复了洒然。

一个刀法大家的睥睨群雄。

他屏息看自己的刀，几绺乌发掉下来，与天地气息同度。

然后他又说话了：

"这刀叫'霹雳'，开天地，辟日月，中刀者，人焦裂……你们还是先选一柄能留有全尸的刀罢。"

闪电剑叟这次倒是首先按捺不住，大喝一声，一剑刺出！

剑迅若电！

喝声未闻，剑已刺到！

这剑比声音还快。

但就在这时，一点刀光，一明即灭。

刀光只一点而已。

可是剑未刺到，已从中被劈成两半。

剑裂为二，剑劲全失，这一刀，正好击碎了剑的精气神。

闪电剑叟的剑，便成了无用之剑。

兆秋息道："这才是'闪电刀'。"他手上有一柄刀，其薄如纸，乍然竟看不出手上有拿着东西。

这时又有两道剑光一闪。

两道剑光同时发自一人。

鸳鸯剑叟的"鸳鸯剑"。

兆秋息蓦然反身，反身时手中已多了两把刀。

然后鸳鸯剑就成了四把。

——两柄剑被斩成了四段！

"刀王"兆秋息说:"这是'斩剑刀'。"

其余"腾雷剑叟""断门剑叟"纷纷怒吼,扑了上去。

兆秋息脸带微笑,以一敌四,瞬间已换了七柄刀。

他换到第七把刀时,四剑叟手中已无一柄剑是完整的了。

就在这时,忽然又加了两柄剑。

一柄其黑如墨,一柄白如洁玉的铁剑。

萧开雁的双剑。

双剑架住兆秋息的刀势。

兆秋息不再微笑;他又换了四把刀。

换到第五把刀时,萧开雁手上双剑只有招架之能。

四剑叟和萧开雁,总共五个人,但只有两柄剑。

就在这时,兆秋息忽闻一个人说:

"真正好刀,不是换来换去的这些,而是只有一把,上天入地,碧落红尘,只有一把。"

"心里的刀好,手中的刀才利。"

兆秋息大喝一声,又把萧开雁另一柄剑剁断,反过头来,只见山气淡淡,一个人长身说话,气态上竟似帮主,他吃了一惊,定睛再望,才知道是一个剑气一般的少年,怒道:

"你也懂刀?"

萧秋水说:"梁大哥曾指点过。"

兆秋息怫然道:"谁是梁……"

萧秋水答:"'气吞丹霞'梁斗梁大侠。"

兆秋息恍然道:"哦,是他——"

萧秋水道:"他算不算得上是刀法大家?"

兆秋息道:"当然算得上。但他的刀,只有一刀,我的刀是千千万万的，每柄刀，都有它的性格，你会用千万把刀，就要熟习每柄刀的性格，使出来才集各刀之精、众刀之锐，方才是一流刀客。"

萧秋水反问："你熟稔了千千万万把刀的特性，但你自己的特性呢？"

兆秋息一愕。萧秋水又道：

"要是没有你自己的性格，你的刀又如何通灵？刀无灵性，不过是凡铁而已，纵是宝刀又何用？"萧秋水双目如刀，盯住他说：

"你身为刀中之王，但人却为刀驭，然而真正属于你的刀呢？究竟是你用刀，还是刀用你？剑王尚且有掌剑，掌剑即心剑，剑由心生，传入掌中，你呢？"

兆秋息怒道："我当然有！"他扬掌道，"我有'手刀'！"

萧秋水冷笑道："我是浣花剑派萧秋水，也学过蒙江剑法，梁大哥也传授了一些刀法给我，他出手一刀，却是刀中精华、招中神髓，这一刀，才是势无可匹的刀，属于自己的刀，'心刀'！"

兆秋息额上大汗涔涔下，他自幼浸淫刀法，不信有人能在刀法上胜过他，但萧秋水又说得如此有声有色，条理分明，不由得他不信，不由得他不惊，当下喝道：

"光说无用！使出你的'心刀'来！"

萧秋水缓缓举起了手，五指并伸，宛若刀锋，冷冷地道："我要使出'心刀'了。"

兆秋息见萧秋水如此凝重，也不敢大意，暗蓄内力，右手淡金一片，冷笑道：

"你放心，我的'手刀'必定剁在你心口上！"

第贰回 权力帮主

——这人也抬起了头,似越过千人万人,在人丛中望了他一眼:——那深情的、无奈的,而又空负大志的一双眼神!李沉舟淡淡地道:"我本可就在这里杀了你,但两军战阵,不斩来使,今日你的身份是使者,你有话便说,我暂且寄下你的人头,他日定偿祖金殿之命。"

萧秋水的手,缓缓地平伸出去。萧开雁等莫名其妙,但见萧秋水煞有其事,便屏息以待。

兆秋息像盯着一条毒蛇一般,盯住萧秋水的手掌。

"心刀"在刀学中,确比"手刀"还要高,兆秋息是听说过,但从未碰到过,他也知道梁斗的刀法相当高强,心里丝毫不敢大意。

然后萧秋水那看似平凡无奇的手忽然加快,戳入。

兆秋息心想才不上当,若轻易接下,定必中了对方伏下极厉害的杀招,所以运尽"手刀"之力,一刀砍出,以硬拼硬,要把萧秋水齐腕斩断,同时也封死了萧秋水所有的变化。

谁知萧秋水没有变化。

他那一招,师出无名,根本不能变化。

萧秋水运用的是不变化的变化。

他的手和兆秋息的手无可更改地触碰在一起。

兆秋息要一招斩断他的"心刀",故此用了全力。

手的刀锋,如飞切去。

萧秋水的手如磁场。

没有刀气,但布满内力。

兆秋息一刀切下去,碰到的不是刀,而是浑密的内力。

那内力没有与刀锋发生碰击,反而吸收了对方的刀气,刹那间,宏厚无匹的内力,摧毁了"手刀"的锐劲。

兆秋息脸色变了。

他的手已收不回来了。他嘎声喝:

"这不是'心刀'——!"

萧秋水说:"真正的刀,又何必一定是刀!"

萧秋水凭犀利的内力，化解了兆秋息的"手刀"，他不是以刀胜，而是以力胜。如没有力，又如何发刀；真正的刀，也许只是力之巧妙锐利的运用而已；而真正的力，则是气的运聚发放。

——萧秋水有气。正气。

他吸住了兆秋息的"手刀"。他的武功，远逊于"刀王"；但他的内功，却远胜于兆秋息。

兆秋息的内息被萧秋水的巨力所激散，再无法凝聚，所有刀学、刀法、刀艺、刀技方法，都用不出来。

他挣扎了一会，终于完全不动，脸惨白一片，双目如刀刃，冷冷地盯住萧秋水，一字一句地道：

"萧秋水果然名不虚传！"

萧秋水淡然一笑，道："想请教你几个问题。"

兆秋息双目冷冷地瞅着他："说吧。"

萧秋水道："我是跟一行人一齐上山的，但昨天他们都失踪了，跟贵帮有没有关系？"

兆秋息瞪着他，反问："是些什么人？"

萧秋水道："大侠梁斗、南海邓玉平、东刀西剑等，昨晚全在伏虎寺失踪。"

兆秋息冷笑："是我们的人干的。"

萧秋水内力顿盛，一摧之下，兆秋息大汗涔涔而下，厉声问："你把他们怎么了？"

兆秋息咬紧牙关，却是连哼都不多哼一声："我不知道。"

萧秋水知他也是一条好汉，遂减了力道，问道："他们都是我生死之交，情急之下，刚才误伤兄台……请兄台指示明路。"

兆秋息冷哼一声，道："他们不是我捉的，我也不知道他们在哪里。"

萧秋水念及火王、鬼王等舍身救柳五的义勇，屈寒山拼死为主尽忠之举，虽有蛇王这等见利忘义之辈，但对权力帮而言，"八大天王"大多是号角色，也是人物，萧秋水生性本就并非对善、恶截然分明，只知道是对的，千山万水，赴汤蹈火也势在必行，心里对李沉舟手下"八大天王"，其实也有几分敬意。

兆秋息道："我知道抓他们的人是谁，可是我不会告诉你的。"

断门剑叟在一旁瞧得不惯，一个肘锤顶了出去，"砰"地撞在兆秋息心口上，兆秋息一只手还是给萧秋水制住，无法闪躲，中肘后便血和秽物齐吐，吐得脸肌抽搐。

萧秋水阻止道："不可……"

腾雷剑叟冷哂道："有何不可，这种人，不打不识相！"

说着飞起一脚，踹在兆秋息的肚上，兆秋息皱着眉、淌着黄豆般大的汗珠，吐得连黄胆水都咯了出来。

萧秋水喝道："他也是一条好汉，用刑是万万不行的……"

闪电剑叟猛欺上，以剑锷"嘭"地撞在兆秋息的小腹上，哈哈笑道：

"你小子心软，迫供不成，让老夫来吧！"

兆秋息全身痛得发抖，呕的已是脓血，但始终未发一声。

鸳鸯剑叟跃近又想拷打，萧秋水陡然松手。

兆秋息突然回身。他手上本来没有刀。

但就在他一回身的刹那，刀光一闪。

萧秋水虽然反对"四剑"如此对待"刀王"，但也不忍心见鸳鸯剑叟如此糊里糊涂丧命在兆秋息刀下，他及时一掌，"砰"地拍在鸳鸯剑叟肩膀上，鸳鸯剑叟跌出七步，恰好避过一刀。

刀"嗖"地自袖子里收回去。

萧开雁也不禁动容道:"袖中刀!"

鸳鸯剑叟怒叱:"萧秋水你……"

闪电剑叟道:"萧秋水你助权力帮的人!"

腾雷剑叟因曾受萧秋水舍命相救之恩,即道:"萧秋水救了老五!"

一时各执异见。兆秋息抹揩额上的汗,捂腹缓缓立起,袖中"嗖"地刀光一闪即没,他惨笑着说:

"这就是'袖刀'。"

萧秋水点点头,道:"我看见了。"

兆秋息道:"那是我要让你看得见。如果我用它来杀你,它就快到你连看都看不见了。"他苦笑又道:

"刚才我还在负痛,现在好多了。"

萧秋水淡定地说:"是。你现在好多了。"

兆秋息吃力地道:"刀快到你看不见,便无从捉摸它,捉摸不着,你的内力也无用了,是不是?"

萧秋水笃定地答:"是。"

兆秋息笑了:"你放了我,我曾上过你的当,再也不会上你的当了,所以我再要杀你,就一定能杀得了你,你相不相信?"

萧秋水斩钉截铁地答:"信!"

兆秋息笑:"那我要杀你了。"

萧秋水摇头。

兆秋息奇道:"你不信?"

萧秋水笑了:"你不会杀我的。"

兆秋息问:"为什么?"

萧秋水轻轻地道:"因为刀王不是这种人。"

兆秋息静止了半晌,突然仰天大笑,笑得眼泪也出来了,又骤地止住笑声,道:

"你以为刀王是怎样一种人?"

萧秋水即答:"恶人。"

兆秋息变色道:"那我为何不杀你!"

萧秋水冷笑道:"但你是条汉子!"他笑笑又道:

"何况,刀王兆秋息不是为听阿谀奉承的话而问人的。"

兆秋息沉默半晌,大声反问:"恶人中也有好汉?"

萧秋水的声音如一记记沉厚的钉锤:"不但有好汉,也有英雄!"他朗声道:

"刘邦狡诈奸险,善用智谋,却是流芳百世的大英雄;楚霸王杀人不眨眼,血流成河,却是名垂千古的真好汉!韩信原为市井之徒,无赖之辈,但在角逐天下的争霸中,却是豪杰;曹操篡夺天下,挟天子以令诸侯,威震神州,却是不世之人物!"萧秋水一口气说到这里,旋又低声道:

"问题是谁好、谁坏?好怎么分法?坏怎么评断……"萧秋水叹道。

"也许,也许好坏存乎一念之间,善恶亦然……"

兆秋息大汗淋淋而下,似乎比萧秋水扼制住他的"手刀"时还淌得多,终于大声道:

"那你为啥不加入权力帮?"

萧秋水笑着反问:"我为何要加入权力帮?"

兆秋息欲言又止,隔了半晌,终于道:"我们是擒住了梁斗等人,但帮主素来对梁大侠等之为人,甚为敬重,有意招揽已久,故暂无生命之虞。"

萧秋水顿时松一口气,说:"不过梁大侠为人正直,绝不会加入权力帮的。"

兆秋息眉毛一挑,冷笑道:"昔日饮誉黑白二道的'大王龙'盛江北,以烈直著称,最终还不是投入了权力帮!"

萧秋水不答反问:"金顶上有些什么人?"

兆秋息脸色陡变。

他瞳孔收缩,目光又变得刀锋般锐利。

"你……你一定要上去?"

萧秋水说:"是。"

兆秋息跺了跺脚,恨声道:"我的职责是阻挡未受邀请而要硬闯上山的人……不过,你一定要去送死,我也由得你。"兆秋息冷笑一下又说:

"何况……我适才败于你手……你就算是硬闯过关了。"

萧秋水一拱手道:"多谢。"与萧开雁反身欲行,断门剑叟嚷道:

"我们一道上去。"

原来"四剑叟"适才暗狙兆秋息不成,怕他复仇,深知单凭四人之力,恐非"刀王"之敌,故欲与萧秋水结伴而行。

萧秋水侧首询问:"四位又因何事,非上山不可?"此刻萧秋水虽年纪最轻,武功也不算太高,但气派飞扬,渊渟岳峙,萧开雁看在眼里,心下暗暗称许。

断门剑叟道:"我们得悉章长老、万长老二位在净慧寺一带图拯救邵长老未获,却查出峨眉金顶上燕狂徒的'忘情天书'出现江湖!二位长老已经赶去,天王特令我等来听候差遣。"

一闻"忘情天书"，萧秋水不禁一震，萧开雁也变了脸色，昔日章残金、万碎玉赴净慧寺，萧秋水有听邵流泪说起，当然是为了"无极仙丹"，而今又爆出册"忘情天书"，武林只怕又要掀起巨波，已由此可预见。

兆秋息干笑两声，道："嘿，嘿，不错，'忘情天书'就在上头，不过凭你们的本事，上去只是送死……"

腾雷剑叟怒道："你瞧不起咱们……"

闪电剑叟的大喝如半空中打了一个焦雷：

"你想怎样？"

兆秋息傲然道："也没怎样。只是你要上去，不如先给我杀了。"他冷笑一挥手：

"……先过我这'七十二刀大阵'再说！"

那三十六青衣童子及三十六彩衣童子立时转动了，每人提着刀，急旋起来，鸳鸯剑叟大笑道：

"就凭这些小孩子……"

蓦然寒光一闪，饶是他避得快，胡须也给削去一绺，只见刀光闪动，方位转移，快得令人目眩头晕，只见刀光不见人影，不禁为之胆寒，损人的话，则是不敢再说下去。

就在这时，苍穹之中，传来"锵锵"之声，悠扬悦耳，久久不遏；萧秋水曾听说过，金顶上有一巨钟置于绝崖前，终年在云雾山壁之间，甚有来历。

兆秋息一听钟响，即令七十二童停止攻袭，脸容甚是恭谨，一直等到钟声全消，才敢稍动，腾雷剑叟满腹疑云，怒叱：

"你闹什么玄虚？"

兆秋息挥手道："你们上去吧。"

四剑叟一愕，才明了金顶钟鸣原来是权力帮主给他部下"刀王"的指令，想揶揄几句，但又忌于李沉舟君临天下的威名，有所惮忌，便只好迅速上山。

　　这时钟声又再响起，在峦峦群山之间，隐隐传来，远眺高峰遥处，气象遥远且森然，再回头时，已不见萧秋水。

　　萧秋水已上山。

　　钟声倏止。

　　萧秋水只见山意森然，山景幢然，金顶平台上的情景，令他倒抽了一口凉气。

　　原来山上黑压压一大片，竟聚集了数百个人。

　　萧开雁失声道："权力帮在此开大聚会了。"

　　萧秋水道："看来不像。"

　　只听一人站起来大喝道：

　　"李沉舟，别人怕你，我可不怕，快将'忘情天书'交出来，否则我普陀山的人，要你的狗命！"

　　他一说话，众下一齐嚷嚷，真是四方震动。这些人穿杂色衣服，装束不同，脸貌也丑俊各异，显然是从关内关外各处赶来聚集的。这些人都功力充沛，一齐起哄，真是山摇地动。

　　但他们虽敢起哄，却不敢近前一步。

　　面对他们而坐的，只有一人。

　　萧秋水一上来，就看到了他。

　　几乎只看到他一人……萧秋水之所以倒抽了一口凉气，不是为那么多人在金顶，而是为他一人。

那人在萧秋水登上极峰时,似乎也扬了扬眉。

一个人,面对,一群人。

这是什么人?

这时置放在峰边的巨大铜钟,又"锵锵"地、柔和地响起。

那人坐在草堆石上,轻轻地弹指。

钟与他之间,相距十二丈余远。

他的指风,射在钟上,连铁锤都未必敲得起的巨钟,却声声响起。

钟声一起,盖住了群豪的语音。

只闻钟声,不闻人声。

萧秋水等在天门石旁所闻的只有钟声,便是这人,隔空弹指所发出来的掩盖群噪的磅礴钟声。

这人是谁?

萧秋水却在千人万人中,只看见他。

这人也抬起了头,似越过千人万人,在人丛中望了他一眼:

——那深情的、无奈的,而又空负大志的一双眼神!

萧秋水蓦然悟了。

他悟出当日之时,丹霞之战里,"药王"莫非冤因何误以为他是"帮主",也了解了"白凤凰"莫艳霞等人,为何错觉他是李沉舟了。

也许,也许他和李沉舟,无一点相像之处,但就在眼神。就在眉宇间，实在是太相似了：

——带着淡淡的倦意，轻轻的忧悒，宛若远山含笑迷蒙，但又如闪电惊雷般震人心魄……

那人笑了。

那人笑得好像只跟萧秋水一人在招呼。

这时包围圈内七八人已按捺不住，拔出兵器，纷纷跃出，破口大骂：

"李沉舟，老子没时间跟你耗！快交出来，不交咱们就一起上！"

只听身边的断门剑叟也"呀"了声，道："万长老、章长老果然在这儿！"

只见两个老者，站得最前，一个宛若天神般高大，容貌犹如玉树临风，一个却十分猥琐，神色似老鸨般淫亵。在他们后边，紧站着四个人，一名就是刚才第一个跳出来破口大骂的头陀，还有一个宝蓝衣衫的老叟，一个浑身像铁骨铁身铁铸成一般的道人，还有一个呆头呆脑的秃顶锦衣人，瞧群豪模样，似对这四人甚是敬畏。

萧开雁知道萧秋水不识得，便道："那人大大有名，头陀便是普陀山九九上人，老者是华山神叟饶瘦极，那铁衣道人是泰山掌门木归真，锦衣呆脸的便是天台山有名的'扮猪食老虎'端木有，都是极犀利的人物。"

萧秋水却想到了浮尸在浣花溪水上的少林狗尾、续貂大师、武当笑笑真人、昆仑"血雁"申由子、掌门人"金臂穿山"童七、莫干山"九马神将"寅霞生、长老"雷公"熊态、"电母"冒贸、灵台山掌门天斗姥姥、第一高手郑荡天、宝华山掌门"万佛手"

北见天、副掌门"千佛足"台九公、阳羡铜官山"可禅隐人"柴鹏、马迹山七十二峰总舵主石翻蝉、雁荡山宗主驾寻幽……

他眼神却仍是望着那人，那面对许多人的人。那人丝毫没有惧色，眼神温暖如冬之炉火……

那铁衣道人陡地一声怒喝，好像军鼓一样，一声一震，力盖万钧：

"李沉舟，你究竟交不交出来，我木归真可没有空跟你磨咕！"

他一说完，衣袖一拂，袖如铁片一般，"嗖"地切在金顶的一块岩石上：石如脆饼，割裂为二。木归真怒说：

"李沉舟，十六大门派，给你杀戮得家破人亡者一大半，今日血债血偿，你再也逃不掉。"

李沉舟笑了。他的笑容有说不出的自负、悲抑与讥诮。奇怪的是这三种迥然不同的人生情态，竟都在他的一个笑容里含蕴了。他说：

"你来了。"

众人一呆，相顾茫然。萧秋水却知道李沉舟的话是对他说的。千人百人中，只对他一人而说的。他居然镇静地回答：

"我来了！"

李沉舟那眼神又变得如山般遥远，不可捉摸，但深情……他双指挟着一管茅草，说：

"你果然来了，我听柳五说过你，他遭你擒过一次，他很服气。"他笑了笑又道：

"要擒柳五，已经了不得，能使柳五服气，简直不得了。"他如故友相逢般熟络，随便指一指身边的石头，轻描淡写地道：

"坐。"

这时群豪甚为吃惊，纷纷回过身来张望，却见一个名不见经传的年轻人，淡定地越众人而出，自然得就像回到自己家居一般，就在李沉舟身旁坐下来。

李沉舟望定了他，微笑道："好，好。"

萧秋水正待答话，忽听一人破口骂道："兀那小丑，在这儿目中无人，勾结奸党，我储铁诚……"

萧秋水一听是"储铁诚"，霍然一震。原来"千变万剑"储铁诚是青城剑派的一流剑手，与萧秋水祖父萧栖梧可说是齐名剑客，不过为人不但不"诚"，而且甚是卑鄙，昔年内外浣花剑派之变，储铁诚便是其中鼓动、挑拨、唆教、离间的人。

萧秋水稍一皱眉，李沉舟淡淡地道："此人说话，太过讨厌……就不要说下去了。"

那储铁诚不顾三七二十一，继续骂下去，突然李沉舟的手动了一下，储铁诚脸色一变，连忙掩住口，蹲下身去，大家探视了半天，却见他终于忍不住，"呕"的一声吐了出来，是两只被打落的牙齿，和一小片茅草的长叶；落叶飞花，均可伤人，在李沉舟手上轻描淡写使来，更非传奇，也不是神话！

李沉舟也没有多看，向萧秋水笑笑道：

"他，不说话了。"

这时群豪哗然。很多人不自觉地退了几步，却见一人，全身穿着金亮，遍身戴满金镯子，叮当作响，亮笑着前来，就像一堆火一般：

"李帮主，我们天王有话要我禀告给你。"

李沉舟睥睨笑道："你是朱大天王的左右手之一烈火神君蔡泣神？"

蔡泣神一震，道："帮主好眼力。"

李沉舟微微一哂："在广西浣花分局卧底时，你就假借绝灭神剑辛虎丘之女辛妙常的名义行事？"

蔡泣神又是一怔，道："是。"

李沉舟道："可惜啊可惜，祖金殿居然还会对你那么不了解，中了你的暗算而死。"

蔡泣神与雍希羽剿杀祖金殿的事，才不过一天，而且系在峨眉山脚下得手的，其时李沉舟还被群豪围于山巅，而李沉舟居然已全知悉此事，这才叫蔡泣神心服口服，一时答不出话来。

李沉舟淡淡地道："我本可就在这里杀了你，但两军战阵，不斩来使，今日你的身份是使者，你有话便说，我暂且寄下你的人头，他日定偿祖金殿之命。"

蔡泣神听得勃然大怒。却又觉得李沉舟凛然有威，轻描淡写的话，看似漫不经心的话，却教人深信难疑，心下一寒，但想至今日围剿的高手不知凡几，自己也名震江湖，何况章、万两位长老都在，定必相护，暗忖：李沉舟再厉害，也无法对自己怎样，当下假装掏出柬函，骤然一扬手，打出一团火焰！

李沉舟宛若没有看见。

火焰照映在他的脸上，他的眼光突然有了一种无法掩饰、无法抑制的、狂热的、焚烧的光芒。

连章残金、万碎玉二人也全神戒备，准备李沉舟一旦出手，他们立即截击；群豪也期待李沉舟出手，看是否有机可乘，看这名动八表的英雄人物，是不是如传说中那般深不可测的武艺超凡。

可是李沉舟没有出手。

他炽热的眼神，一燃即黯淡了下去。他犹如日暮黄昏中的人，疲乏而带讯诮……

第叁回 李沉舟

——其实大英雄，真豪杰，也没什么由己不由己的，只是我们这等世俗人，才抛不开名、利、权欲，不由己也是活该的！

李沉舟没有动,甚至连看都懒得看。

他背后却蓦然出现一个人,一个文人,一个幽魂一般的人。

这个人一直就在李沉舟背后,但李沉舟在,谁也没有注意到他。

这人一出来,"刷"地打开折扇,向火折一扇,立即有一团水雾出来,掩熄了火焰。

火焰一灭,他又退回到了李沉舟的背后。

李沉舟甚至连动也没有动过。

章残金、万碎玉全身蓄力欲发的功力,却因李沉舟全然未动,不动就是最佳的守势,也是最佳的蓄势,李沉舟就算一出手即杀了蔡泣神,总算也有暇可袭,而今巍然不动,章、万二人,凝聚全身功力,旨在一击,对方却破绽全无,一时满腔真气,无处可泄,"砰"的一声,两人站立之地,四分五裂。

就在这两大高手将真力宣泄的刹那,蓦然眼前人影一闪,赫然竟是李沉舟!

两人此惊,非同小可,猛运内力,"残金"、"碎玉"掌,同时劈出!

李沉舟一个翻身,飘然落回荒草石上,端然坐下。

他嘴角多了一丝血丝,直淌了下来,他轻轻地咳嗽了几声。

然后他前面的烈火神君蔡泣神,眼神瞪得老大的,抚胸倒了下去,这一倒下去,就永不再起来。

众人再回望,章残金、万碎玉二人已不见,这两人适才所在之处,只留下两摊鲜血。

章残金、万碎玉是昔年朱大天王创帮立道时所设的"七大长老"仅存的两位。当日围攻燕狂徒之际,七大长老中"三棍一棒"

祁十九、"东瀛扶桑客"诸序中、"冷拳"居正、"塞外神卜"卞晓风全被杀死，"别人流泪他伤心"的邵流泪重伤被掳，独有章残金、万碎玉二人逃出生天，其功力之高，也可想而知。

今日李沉舟被围于峨眉之巅，朱大天王特命章残金、万碎玉来对付李沉舟，以蔡泣神吸引李沉舟主力，其他的"六拳"、"五剑"等，不过是派去寻找"无极仙丹"之下落。

章残金、万碎玉的"碎玉残金掌"，一直是独门绝学，也是武林掌法中的至尊宝，朱大天王本以这两大长老之力，加上围剿的四大掌门和各门各派高手，以为稳可歼灭李沉舟，但李沉舟用身后的人，一举灭火，使章、万二人，自行消去真力，再迅快无及地猝然出手，先杀烈火神君，再伤章、万二人。

章残金、万碎玉毕竟并非浪得虚名，也各击中李沉舟一掌，李沉舟是负了伤，章、万二人不敢再留，立刻就走。

李沉舟淡淡地道："我不斩来使，但对刺客，又另当别论。"说着又溢出一些血，显然受伤非轻。

众人见李沉舟一出手间，便杀了蔡泣神，赶走了万碎玉、章残金，简直神乎其技，大部分群众，情知不敌，纷纷退走，一时间走了几乎一半的人。

至于四剑叟，眼见萧秋水与李沉舟居然似熟人般的亲切，而李沉舟在举手投足间，竟然就杀了"双神君"中的烈火神君，又打退了章、万二长老，简直匪夷所思，看得连眼睛都直了。

李沉舟收回两只手，把手指一只一只，逐渐屈了起来，看着自己发白的拳头，低声地道：

"章残金、万碎玉，名不虚传，好厉害的掌力，但他们中了我的拳头，已活不过今天。"

四大掌门木归真、端木有、九九上人、饶瘦极，以及储铁诚等，眼见李沉舟也不知怎样的举手投足间，便在自己等面前，杀退了三大高手，一时也为之变色。

这时场中跃出一人，正是柔水神君雍希羽，扶着蔡泣神的尸体，一脸怒愤之色，怒视李沉舟，李沉舟淡淡地道：

"你还是不要妄动的好，朱大天王的人尽丧在这里，对朱大天王来说，不啻是个经不起的打击。"

雍希羽冷笑道："你中了章、万长老的掌力，已是强弩之末。"

李沉舟一笑："那你可以试试看。"

雍希羽抬头看李沉舟那深湛的、远漠的、深情而又空负大志的眼神……他经战无数，十宕十跌，向无畏惧，而今一见李沉舟双目，竟失去了出手的勇气……他叹了一声，咬了咬唇，道：

"朱大天王本来要蔡神君来，是要告诉阁下一件事。"

李沉舟笑道："同时也命他能杀我就杀掉；有万、章二位高手在，蔡泣神当然尝试，一旦杀了我，应该七十二水道的副总瓢把子，那非他莫属了。"

雍希羽无言。李沉舟又道：

"他既尝试失败，亦已身死，朱大天王的话，你来代说，也是一样。"

雍希羽恨恨地抬头，狠狠地道："天王说：阁下是陆上龙王，他是水道天王，至于谁是人王，谁是天皇，还要请阁下过去一趟，印证印证。"

李沉舟道："很好，朱大天王早有与我决战之心，他约的是在什么时候，什么地方？"

雍希羽答道："天王说：凭李帮主身手，其实无须选择任何时间，任何地方。"

李沉舟大笑道："好，你告诉朱大天王，李某人一定会去，在任何时候，任何地方。"

雍希羽突然低头，竟向李沉舟叩拜。

这下大出人意表，就在雍希羽叩首下去的当儿，于背项间骤然射出两道墨黑的水泉，直喷李沉舟。

李沉舟没有动。

他背后立刻喷出两道白色水泉，恰好抵住墨色水柱，四道水墙，半空落下，洒于地上，立时冒烟，岩石并作吱吱焦裂之声。

雍希羽眯起了眼，瞪住李沉舟背后那人，恨声道："'水王'？"

李沉舟背后的人冷冷地道："正是。"

众又哗然，原来李沉舟背侍的那人，正是名动天下"八大天王"中的"水王"鞠秀山。

只听李沉舟淡淡说："柔水神君你莫要再出手了，再出手就活不回去传达消息了。"李沉舟一直好似是个很温和的人，用很温和的声音说话，但这平淡温和的一句话，却令柔水神君雍希羽身心感到颤悚。

李沉舟挥洒间杀退朱大天王的两名长老，更诛杀了烈火神君蔡泣神，惩罚了储铁诚等人，真是君临天下。本来得知风声，在此剿袭李沉舟的群众，大部分斗志全消，只留待观望，部分已悄然撤退。

若是单为了捕杀李沉舟，这些人早被慑伏，知难而退，但这些人大多都是为"忘情天书"而来的，这是武林瑰宝，谁能得之，便可拥有昔年第一大豪楚人燕狂徒之武功造诣，有谁能不动心？所以留待不走的，泰半都是为了这一本足可令人舍死忘生的奇书。

只听"华山神叟"饶瘦极冷笑道:"李沉舟,要我们走可以,只要交出'忘情天书',我们立刻就走。"

普陀山九九上人也接着道:"这'忘情天书'也不是你的,你武功又那么高,何须窥夺此书……还是交出来,让天下有缘者共睹,不是大家都好吗?"

九九上人这般一说,正说中大众心事,群豪纷纷叫好,但若大家都豁了出去,一拥而上,就算李沉舟武功再好,也双拳难敌千手,当下大声道:

"若这厮肯交出来,便是罢了,如若不交,咱们一齐上,对付这等奸恶之辈,无须讲究江湖道义,杀了为民除害便好!"

天台山端木有阴阴一笑道:"是呀,他武功再高,也没有用,当年燕狂徒就是给我们一拥而上,便杀得落荒而逃,死无全尸。"

这一番说下来,众人又群情火盛,信心大增,纷纷聒噪不已。

只听一人怒叱道:

"好不要脸!昔日十六门派攻杀燕狂徒,哪有出过力,都是跟着后头走,真正出手的,是权力帮的四大护法,哪是你们这班鼠辈!"

说话的人是"刀王"兆秋息,因愤懑不平而涨红了脸。忽又听一个声音吆喝道:

"胡说八道!围杀燕狂徒,权力帮只是装腔作势而已,真正杀伤燕狂徒的,是我们天王的长老,我们七大长老都因此役而牺牲其五,居然轮到你们来认功不成?"

大声说话的人是"四剑叟"中的断门剑叟,李沉舟偏了头,向萧秋水低忖道:

"这人倒蛮有胆魄的。"

萧秋水心中一凛，只觉李沉舟在这十面埋伏、四面楚歌中，依然悠闲自若，谈笑自如，还能观形察色，臧否人物，心中大是佩服。

只听一人冷笑道："你们权力帮中争权夺利，鬼打鬼、人杀人，自家的事，当然跑在前边，朱大天王跟燕狂徒是两派对立，此消彼长，自然拼老命，那又有什么可说的！"

这发话的人是"华山神叟"饶瘦极。"柔水神君"雍希羽回骂了过去：

"你们十六门派，就算侠义相助么？！当年你们若不合力歼灭燕狂徒，燕狂徒就会先把你们逐一灭了，你们是为了苟图安命，才趁这个热闹，居然在打杀中还落于人后，真是丢尽了颜面！"

饶瘦极怒吼一声，正要长身而出，天台山端木有为人却极有城府，阻拦道：

"天王的人听着，我们此番来峨眉，一是为诛杀李沉舟，替天下除害，二是为求使武林至宝'忘情天书'能重见天日。我们在此胡骂一通，同室干戈，不是中了敌人的计？"

众人一听，大以为然，一时又摆成阵势，围向李沉舟。兆秋息冷笑道：

"好哇，所谓武林正道人士，居然与朱大天王的人'同室'起来了！"

在李沉舟背后侍奉的"水王"鞠秀山也揶揄道："岂止'同室'，简直'同流'。"

端木有却脸色不变，笑嘻嘻地道："就算'合污'又怎样？'下流'又何妨？如果必要，昔日我们黑白二道围攻燕狂徒，不是同样'流'、同样'污'？"

这时忽有一提双短戟的大汉朗声道:"端木老大,万万不可,所谓盗亦有道,我们联朱大天王以制权力帮,总有一日,养虎为患,更何况又毁坏了我们持正行侠的原则……"

这人一说话,即有几人附和,萧秋水认得此人,这汉子是湖南一带的豪杰,也是少年创帮立道,仗义匡正、快意恩仇的侠士,外号"银戟温侯",姓唐,名洁之,跟唐门可没有任何渊源。

端木有温和地笑道:"唐老弟,这你可有所不知了,我们今番为的是'忘情天书',只要李帮主肯交出来嘛……一切都好商量,我们跟朱大天王的人既然敌忾同仇,为何不'并肩作战'?"

"银戟温侯"唐洁之道:"不对,我们今番来,为的是歼灭万恶之权力帮,再聚众瓦解朱大天王的组织,怎可本末倒置,为求夺宝而来?"

唐洁之这一番话,说得很多人低下头去,萧秋水心下更大是赞赏。端木有有些哭笑不得,道:

"唐老弟年少,不知江湖事,并非正就是正,邪就是邪,死牛一边颈就可应付的。"

唐洁之正色道:"汉贼不两立。江湖上同声并气的事,我也懂一些,只是有些原则,却颠扑不破,此乃大节也,大节不可稍移。"

部分武林人士,当真怀一腔热血而来,听得唐洁之一番话,激起了任侠心肠,不禁竦然动容。

饶瘦极知道场面不易控制,向唐洁之招手低叱道:"你,小兄弟,过来,来……"

他是想制止唐洁之说下去。但就在这时,骤然精光一闪,端木有一招手,一支蛇锥七寸长,全钉入唐洁之心胸之中。

唐洁之猝不及防，仰天而倒。他的弟兄急忙扶持，纷纷怒叱，皆变了脸色，九九上人禅杖一扫，扫倒了几人，这些人显然都不是这四大门派的掌门之敌。

萧秋水霍然立起，对端木有这等所谓名门正派的人恼极，眼见唐洁之的一名义妹正冲了过去，端木有肥短的手一拿，已抓住了她的脖子，萧秋水忍无可忍，宛若见到他的弟兄受辱一般，贯力于手，一把抓落了坚硬的岩石，呼地全都以"浣花剑派"三大绝招之一"漫天风雨"的招式发了出去。

端木有见萧秋水内力居然如此之强，砂石挟劈空呼啸之声，飞击射来，忙甩掉那女子，全神以待。

就在这时，李沉舟手中的茅草猝然射了出去！

射至一半，茅管分裂为三。

端木有正想拨开砂石，突觉左右肘俱是一麻，正要退避，"跳环穴"又是一痛，"噗"地跪倒，萧秋水的砂石，等于都打在他的脸门。

茅管虽轻，却后发而先至。

砂石经由萧秋水的手上发出去，以他此刻的内力，是何等惊人，端木有脸上顿时一片血肉模糊，仆地而殁。

这时众皆哗然。木归真的声音越众人之声传来：

"这浣花剑派的人做了权力帮的走狗！不要放过他！"

很多人哗然："萧秋水杀了端木有！""萧秋水杀了端木有！"

更有人大呼："萧秋水杀了端木大侠！""萧秋水与白道中人为敌！"

萧秋水倒没想到自己功力能一举杀了大名鼎鼎的端木有，一时百口莫辩，怒极啸道：

"那唐洁之的命呢！难道被端木有白白杀了，便是活该？"

此刻他功力十分充沛，一旦大呼，把全场噪音压了下去，但七八件兵器，已向他攻到，萧秋水十分愤怒，一时忘了闪躲，李沉舟在旁边用袖子轻轻一划，已把来袭的人都迫了回去。

这时唐洁之身边的弟兄，匡护着唐洁之的尸体，抢了过来，站在萧秋水的身旁，其中一人悲声道：

"萧大侠，我知你向来正义，请你替我们大哥主持公道。"

萧秋水一时不知如何是好。萧开雁那边已跟人打了起来，萧秋水感到既连累二哥，又使浣花剑派声名受污，罪孽深重，但又分辩无从，一时为之气极，只听李沉舟端然道：

"在武林中，通常都会如此，他们说你是什么，你便是什么，不由你分辩的。"

萧秋水突然站了起来，倒立一会，翻了三个筋斗，双拳空击了两下，嘴里随便拉了个调，唱了几句小曲，但脸色平和，重新端坐下去，面对李沉舟。

这下子轮到李沉舟莫名其妙，摸摸鼻子道："你在干什么？"

萧秋水道："我要促使自己不至于太过拘泥于这件事中。"

李沉舟眼睛里有春水般的笑意："好，很好。"

萧秋水道："反正别人怎么看我，我还是我。"萧秋水也笑了，笑意像春山远处：

"难道给他们说了，我就不是我么？"

李沉舟眼睛里更有欣赏之意："哪有的事！要是这样，我早变成了天下第一怪物了。"

李沉舟"君临天下"，自是在江湖上、武林中被揣测最多的神秘人物，如果真如传言，不变成三头六臂，也非成了畸人不可了。

萧秋水不理众人喧嚷，望定他道："你这人，不像你的部下，左常生、康出渔、屈寒山，这几人都十分卑鄙、狡诈。"

李沉舟点点头道："我也十分狡诈。"

萧秋水道："可惜他们简直不义。"

李沉舟的眼神又有了那种空负大志般的萧索："但在另一方面来说，他们是尽忠。"

萧秋水道："这也是所谓'人在江湖，身不由己'吗？"

李沉舟一哂道："其实大英雄、真豪杰，也没什么由己不由己的，只是我们这等世俗人，才抛不开名、利、权欲，不由己也是活该的！"

这时兆秋息已率七十二童子护守着李沉舟等，李沉舟却继续与萧秋水对话，宛如未觉一样。

萧秋水沉思了一阵，接道："屈寒山虽然卑鄙，但的确忠心。"他望着李沉舟说：

"我就是为他所托来见你的。"

李沉舟双眉一扬，道："哦？"

萧秋水道："屈寒山死了。"

李沉舟的眼神顿时黯淡了下去，俯首看自己盘膝端放的手心，重复道："他死了。"

萧秋水隔了一会才说："他是为了争夺'无极仙丹'才死的。"萧秋水说完了之后，定定地望着李沉舟，想观察这位当世人杰听得这武林人士梦寐以求的丹药时，有什么表情。

没有表情。

一点表情也没有。

李沉舟只是淡漫地"哦"了一声。

萧秋水接道："他抢夺'无极仙丹'，是为了送给你，那时他遭受烈火、柔水、五剑、六掌的袭击，已断一臂，但坚持要送交这礼物给你。"

李沉舟缓缓地摇首，眼神也不知道是怒哀，还是揶揄，"'无极仙丹'确是罕世之宝，但为它而死，实是不值的。"

萧秋水望定他道："屈寒山获得它时已伤重，生恐朱大天王的人追杀，所以用人质来威胁我，要我把丹丸交给你，并希望你收丹药之后，能下山一趟救援他。"

李沉舟问："他在哪里？"而没有问："现在丹丸在哪里？"

萧秋水深心感动，正色道："他把仙丹交给了我，就给人杀了。"

李沉舟一抬目，神目如电："谁杀他的？"

萧秋水道："六掌。其时只剩五掌，后来也给屈寒山杀了一掌，现在四掌都不在了。"

李沉舟问："为什么？"

萧秋水答："给杀了。"

李沉舟紧接着问："给谁杀的？"

萧秋水紧接着答："蛇王。"

李沉舟紧迫盯人地问："两条蛇王？"

萧秋水间不容缓地答："老人与少女。"

李沉舟长吁了一口气，道："这两人窥视仙丹已久。"

萧秋水心下更是佩服：李沉舟观人于微，知"蛇王"等早有叛意，显然已有戒心。

这时群众一听"无极仙丹"之下落，纷纷都停了手，引长脖子来聆听，无疑，"忘情天书""无极仙丹"都是十分吸引人的事。

萧秋水又道："你没看错，蛇王夺取仙丹，后来少的杀了老的，女的又被我和唐方所杀。"

"唐方，"李沉舟欣赏地笑了，"就是最近时常跟你一齐闯江湖的女孩子。"

"是的。"萧秋水眼前仿佛幻起了脸色苍白的唐方，受伤的唐方，不觉忧心忡忡起来。

李沉舟也看了出来，关怀地问："蛇王把唐方怎么了？"

萧秋水怒吭地道："咬伤了。"李沉舟"嘎"了一声，萧秋水接道：

"后来给唐刚接回唐家疗毒去了。"

李沉舟吁了一口气，道："这里总算离唐门不远……以唐家堡的运毒手段，要治疗蛇王之毒，当无问题，问题是赶不赶得及……"

那边群众，只闻二人又不谈"无极仙丹"，早已待不耐烦，一人暴喝道：

"喂，小子，无极仙丹究竟在哪儿了？"

其他的人也七口八舌，纷纷追问，生恐问迟一些，无极仙丹便会飞了似的。

这时萧开雁也已回到场中，到了李沉舟、萧秋水的圈子之内，李沉舟也不去理会那些人，径自道：

"你说得对，我部下中，本领是够高了，但品行良莠不齐，像蛇王这等劣行，更使权力帮声名万劫不复。"

萧秋水冷冷地道："权力帮本来就万劫不复。"

李沉舟脸色变了变，旋又笑道："你的话太武断。"

萧秋水断冰切雪地道："我说真话。"

李沉舟冷笑道："没有了权力帮，就仗这些贪活好功的伪君子，天下会更好吗？"

萧秋水道："不会。"

李沉舟笑了，问："所以说——"

萧秋水喊道："但有了权力帮却更坏。"

李沉舟脸色变了。

萧秋水坦然道："他们是你的部下，你的部下品德良莠不齐，那便是不对，你要负责此事。"

李沉舟道："不错，我应该负责任，你也领导过一众兄弟，当组织一旦扩大，不可能事事控制得宜，你不可能人人兼顾，件件皆管。"

萧秋水断然道："不能管，就该放弃。"

李沉舟沉默。然后他抬头，他说：

"你知道不知道，这十几年来，唯有你一个人，敢对我这样说话。"

萧秋水望定他，真诚地道："便是因为这样，我才说的。"

这时旁边的人都为萧秋水捏了一把汗。以李沉舟的个性与武功，杀萧秋水乃举手间事而已，而萧秋水居然敢如此一再顶撞他。

群豪更是奇怪纳闷，本见萧秋水坐于李沉舟身侧，认定他们是一伙的，尤其是萧秋水诛杀端木有后，更以为无讹，却是两人针锋相对起来，各持己见，完全不像是同路的。

良久，李沉舟静静地道："柳五厉害。"

萧秋水道："哦？"

李沉舟喟息道："我是赞他好眼光。他没有看错你。"

萧秋水道："哦。"

李沉舟忽然笑了，他的笑容又有说不出的讥诮与倦意："你知道他怎么说？"

萧秋水默然。

李沉舟自己说了："他说像你这种人，能收入权力帮，便赶快收了，如若不然，则赶快杀了，多留一天都不可以。"李沉舟认真地道：

"柳五是世间人杰，他这样说你，是重视你。"

萧秋水也撼动："我怕他太看重我了。"

李沉舟疲倦地笑了笑："你名不见经传，武功又差……"他忽然用一种很冗长也很特异的声调说：

"不过，他并没有看错。"

李沉舟眼色一黯，道："但是，他还是看错了。"

"他看错的是我。"萧秋水不明白。李沉舟解释道：

"因为你虽可怕，我却不杀你，我要等你更可怕时，再来杀你。如果为了一个人将来可能是他的敌手便要先杀了，那我就不是李沉舟了，李沉舟不是这样子没信心的人。"

李沉舟又说："现下武林两个最出风头的年轻人，一个是你，一个就是皇甫高桥；我不杀你们，除非他先杀了你，或者你杀他之后……"

萧秋水沉思良久，良久没说一句话。

他沉思的时候，显出一种犹如千古悲哀万古愁般的压力，连浮躁不安的群豪，一时也未敢干扰。

然后他说话了。

只说了一个字。

"谢。"

李沉舟很慎重地听了这个字,然后很沉重地应了一句,只有两个字:

"不谢。"

萧秋水肃容道:"我谢是谢你再让我有一次机会。"

李沉舟笑说:"其实你知我是李沉舟,便不必谢我,纵败了也是我自找的。"

萧秋水道:"你知道我是萧秋水,便一定会谢你,你不用推辞。"

萧秋水年纪虽轻,但与天下第一大帮帮主李沉舟坐在一起,谈笑自若,丝毫不见失度或失措。

李沉舟忽然又道:"道不同不相为谋,是不是?"

萧秋水截然道:"是。"

李沉舟:"那我们还是不是知音?"

萧秋水毫不考虑道:"是。"

李沉舟双掌与萧秋水对掌一拍,大笑道:"可惜无酒,否则为了这个'是'字,可以大醉三百杯。"

第肆回

争夺

——难道这世界上,真话都不如假话能教人相信?那也许是因为真话比假话难听之故。

萧秋水道:"其实英雄论交,亦不必非要有酒不可。"

李沉舟更为开怀,畅笑道:"是是是。老弟真合我心意。唯庸人才须杯酒在手,方能作快言豪语,哈哈哈!我等岂须如此!"忽然脸容一整,道:

"我这是第二次见到你,你可知道?"

萧秋水倒怔住了。

"我没见过你呀。"

李沉舟笑了。萧秋水坚持道:

"若我见过你,一定认识。"

李沉舟笑得又似远山:"我见到你,你见不到我,因为相隔太远了。"李沉舟笑笑道:

"你的眼力当不如我好。"

萧秋水的眼神亮了:"是不是……"

"是不是在大渡河与青衣江中……?"

李沉舟微笑颔首。

——观音山一带,萧秋水等行过,其时细雨霏霏,江水气象万千,空蒙中带过惊心动魄的浪涛,江心有一叶扁舟,始终在怒涛浮沉中不去。

——江河起伏,巨浪滔天,人在铁索之上,尚且为这排山倒海的气魄所震慑,人畏惧大自然的心理,也到了极点,然而这叶轻舟,就似一张残叶一般,任由漂泊,因本身毫不着力,所以反倒没有任何翻覆可怕。

——萧秋水乍看,还真以为是一片叶子。

因为要是人,不可能不怕大自然,且能如此融汇在大自然中。

然而却不是叶子,而是舟子。

不仅是舟子，而且舟上有人。

人便是李沉舟。

遇，而不见。

真是如见真人，真人见而不知。

萧秋水笑了："原来是你。"

他的眼神又闪亮着兴奋的光彩："那么伏虎寺中，大侠梁斗等，乃为你所掳了？"

李沉舟反问："什么时候的事？"

萧秋水的心开始沉了下去："昨晚。"

李沉舟道："不可能。昨夜我已被围于山顶。"

萧秋水的心完全沉了，沉到底。他知道李沉舟不会对他说谎，也没有理由要欺骗他。

李沉舟道："这次我来峨眉，为的是要搜捕那两条蛇王，却不料无端端来了流言，约齐了各路高手，咬定我在此地击杀燕某夺得'忘情天书'，因此困战了整整一天，真是莫名其妙……"

萧秋水忽然道："我差点忘了一件事。"

李沉舟道："无极仙丹？"

萧秋水道："我要把它交给你，完成我答允人家的诺言。"

一提到"无极仙丹"，几乎在场中所有的人，都伸长了脖子，直了眼珠子，握紧了拳头，要目睹这武林瑰宝。

李沉舟淡淡地道："这是屈剑王辛苦抢来的，我当然要收下。"

萧秋水爽然道："好。"伸手一摊，赫然竟是五颗红色药丸。

就在药丸一现刹那间，数声沉闷如野兽般的低吼，人影倏闪，飞扑入场中。

最先出手的是刚才粗声追问"无极仙丹"之下落的鲜卑人，他一出手，右手夺丹，左手在刹那间递出了十三招，有九种武功居然是江湖上罕见甚至失传的奇招，其中一招居然是正宗少林"达摩指"。

但是李沉舟一出拳，那人就飞了出去。

飞出去很远很远，倒地时已没有了声息。

可是扑来的人很多，其中还包括饶瘦极、木归真和九九上人、储铁诚以及柔水神君等人。

李沉舟一扬眉，萧秋水却望定着他，摇首。

李沉舟略一沉吟，没有动作，萧秋水手上五颗药丸，已全教人夺走。

萧秋水正在说着话："这丹丸原是邵流泪从燕狂徒那儿盗出来的。他把假的丹药，诱使雍希羽将之取去，献给朱大天王，想借刀杀人，可惜屈寒山不知，半途将之夺攫，想奉献给你，所以威迫我这样做……"萧秋水一面说着，场中已断喝连声，萧秋水径自说着不间断，李沉舟也耐心专意地聆听，但场里已死了几人，伤了十多人，为的是争夺这伪"无极仙丹"，已无暇理会萧、李二人，哪还有工夫去聆听他的话。

李沉舟故意问："那么，这丹丸是有毒的？"

萧秋水大声道："是的，这丹丸含有剧毒！"

这时只听"哎唷"、"哎唷"、"哎唷"连声，华山饶瘦极已夺得一枚丹药，连伤杀数人，生恐别人来夺，便一口吞服下去。

众人眼红耳赤，全在争夺这每颗可增进一甲子功力之药丸上，哪还有工夫去听他们的对话？就算听得见，也不愿意相信。

萧秋水目睹此状，叹了口气，道："难道这世界上，真话都不如假话能教人相信？"

李沉舟笑了一笑，道："那也许是因为真话比假话难听之故。"

又在这时，又几声惨叫，九九上人已击倒了几名抢夺者，拿得一丸在手，欣喜欲狂，哈哈一笑，吞服下去，一面揣想着他功力陡增一甲子的幻梦，边打边狂笑。

萧秋水只觉毛骨悚然，尽管眼前有着如许之多人，但在厮杀声中，萧秋水只觉自己乃在非人世界之中。

李沉舟很了解地看着他说："你别自责，说什么也没有用，他们不会听的。"这时木归真与储铁诚已各夺得一颗，仰首吞下，储铁诚还边服边用双剑一扎，把一人抱着他伸手要拿丹丸的人，割得肠子都流了一地。

李沉舟偏首道："那真的三颗，是给你吃了？"

萧秋水怔了怔，道："是宋姑娘告诉你的吧？"

李沉舟笑道："是。"他忽然狡狯得有种眩人的俊美。

"我早知道这药是假的。"

萧秋水动容道："你在试探我是不是在骗你？"

李沉舟望定他，说："因为你不会骗我。"

萧秋水沉默良久，才道："幸亏我不曾骗你。"

李沉舟微笑望定他："幸亏。"

这时剩下的一颗"无极仙丹"，你争我夺，但以雍希羽功力最高，他喷出毒水，击退众人，有些人沾上了，狂嚎打滚，十分痛苦，雍希羽抓住一丸，往四剑叟处一抛，疾喝道："我来断后，快回献天王！"

四剑叟中，鸳鸯剑叟一拿捞住药丸，断门剑叟、闪电剑叟、腾雷剑叟连忙组织剑阵，以抗强敌，众人因这是最后一粒丹丸，都全力相争,而柔水神君因被剑王盗去丹药,自知失职,怕朱大天王怪罪,更全力抗衡。

两方面交手下,因各门各派人多势众,朱大天王的人大感压力,就在这时,饶瘦极、九九上人、木归真等犹未满足,还要夺取此丹丸,包抄袭去,闪电剑叟首先遭了殃,被杀得身首异处。

萧秋水霍然而立,道:"他们曾跟我并肩作战过,我不能坐视不理。"

就在这时,只见场中数人惊呼:

"他,他吞下去了!"

"给他吃了,糟了!"

柔水神君正杀得性起,听如此说法,莫名其妙,回头一看,鸳鸯剑叟脸上一个诡异的笑意,雍希羽颤声怒问:

"你……你竟然私自吞食了?"

众人见丹丸已无,皆颓然住手,鸳鸯剑叟也没说是,也没说不是,像偷吃了糖又怕被大人察觉的孩子,直勾勾地望着雍希羽。

柔水神君怒不可遏,大喝一声,杀将过去,才不到几招,鸳鸯剑叟已现凶险,忽而半空又多了两柄剑,因"五剑叟"手足情深,总不愿柔水神君搏杀他们的兄弟,所以以三战一,竟与柔水神君雍希羽拼斗了起来。

其他的朱大天王党羽,见几个头领乱作一团,一时都不知帮谁是好,真是尴尬异常。

就在这时,忽听一个尖呼。

原来群豪中有一女匪,距离华山神叟饶瘦极很近,乍见饶瘦极的样子,不禁发出一声骇然的尖呼,一面还颤着手指指向饶瘦极,竟骇晕了过去。

众人因此都拧头望去，只见饶瘦极脸色又紫又蓝，五官齐溃，七孔流血，但他自身，犹未所觉，还带了一个极得意的表情。

这情景十分恐怖，众人都骇然说不出话来，饶瘦极见众人望着他，神容都很惊怖，还以为他因功力陡进，神光隐现，表情愈发得意。

九九上人本陶醉在他服得仙丹美梦之中，忽见饶瘦极如此，不觉心惊胆战，叫道：

"饶兄你……"

话未说完，饶瘦极"突突"两声，两只眼珠子，竟自眼眶里滚了几下，竟连耳朵、鼻子都剥落了下来，嘴巴也裂了开去，众人尖叫，胆子小的人连手上兵器也执不住。

饶瘦极这才"咕咚"地倒下。九九上人心悸胆寒，忽见众人又望向他，神情又是跟望向饶瘦极相似，只是更为惊悸，他双手摸着自己脸孔，猛见自己双掌皮层剥落，血肉腐烂，他尖叫道：

"我……我……我是不是也——"

说到这时，声音愈薄，愈是尖锐，到了最后，只有风声的嘶嘶之声，丝毫不成语音，"突突"二声，他的眼珠子也飞落出来。

那边的储铁诚怪叫道："这是什么药！这是什么丹药！"一面叫一面吐，脸上已开始变色。

只听"呼"的一声，一铁衣人越过众顶，落在萧秋水身前，一把揪起他，嘶声道：

"快拿解药来！"

萧秋水摇首叹息，向木归真道："没有解药。"

木归真扬掌要劈，李沉舟也叹了一声道："你去吧。"一拳击出，木归真的胸膛便陷了下去，鲜血狂喷，喷到一半，变作蓝色，众人急忙退闪，木归真却已身亡。

他身死了，肢体才开始腐烂。储铁诚看在眼里，脚都软了，哭声道：

"这是……这是什么药？"

他的牙齿已被李沉舟打崩，说起来因颤声之故，甚是可怖，有人已掩脸而逃，有人更蹲地呕吐起来，萧秋水道：

"我也不知道，这药原来是朱大天王的长老邵流泪用来毒死他主子的毒药，现在邵流泪已死，解药也没有了。"

鸳鸯剑叟发出一声恐惧的尖叫，嗄声道："为何你……你起先不说？"

萧秋水叹息道："我已经说了。"

众人细想一下，隐约记起，萧秋水仿佛有提过……但那时大家都杀得性起，你争我夺，哪有心听？

这时储铁诚已"嗖嗖"两声，也是眼珠子飞掉出来，许多胆魄皆豪的人，也不忍看，掩目退避，鸳鸯剑叟长叹一声，大声道：

"替我转禀天王，就说我临死前还对不住他！此刻代他身死，也算恩断义绝了。"

说罢，横剑自刎，尸身栽在他两个兄弟的臂膀里。

众人大感索然，纷纷退去，剩下的不到百人。

稿于己未年除夕（一九八〇年二月十五日）
一群和谐兄弟忽一一离弃，音断义绝，多年后才知是"白色恐怖"搞的鬼。
三校于一九九三年七月九日
惠霞传真来访问稿，佳／姊电《风采》刊出我《谈玄说异》系列二篇／接获荒谬文集，可笑复可哀／敦煌出版社主事人电《绿发》已出书。

修订于一九九七年十二月十八至十九日

香港皇冠版《四大名捕走龙蛇》之《捕老鼠》、《打老虎》、《猿猴月》均已出书／星辉欲接洽中国大陆之版权／《新报》开始连载《天下无敌》／万象传真来计划中的出版程序／湘湘得奖。

第伍回 铁骑银瓶·东一剑西一剑

——其实要作为一个武林高手，首先要耳听八方，眼观六路，而且随时防患于未然，更常先置自己于绝地。

李沉舟叹道:"你争我夺,到头来便是这样的结果。"

萧秋水蓦然反问:"如果你不知这些丹药是假的,是不是也投身于争夺之中?"

李沉舟沉思良久,终于道:"是的。"

萧秋水点点头道:"我吃了三颗'无极仙丹',一颗系给邵流泪逼服的,还有两颗,是宋姑娘顾全我……"

李沉舟颔首笑道:"这些药明珠都有跟师容说起,师容转告了我……她也服了一粒,一粒留给了我。"李沉舟笑意里有说不出的狡猾,又有说不尽的好看,"她还说你是个真君子。"

萧秋水正想说话,忽然山下远处,传来犹近在耳边的叱喝:

"呔!权力帮的小子!快滚下来!"

萧秋水一听这语音好熟。李沉舟却微笑道:

"吓!你们何不自己爬上来!"

他随便漫声一说,声音却是开扬悠悠地传了开去,这时山巅"飕飕"射入了两道人影,又急又快,所带起的衣袂劲风,令在场中群豪眼都睁不开来。

众人只觉眼前一花,场中多出现了两人,都身着白袍,一个银发金冠,一个白发银冠,都是道人,在场中年轻、中年甚至老年一辈,大都不识得,但有数名高龄高手,却脸色大变,有一名还"咕咚"一声跪了下去,颤声叫:

"祖师爷饶命。"

众人不知所以。这两名老人也不去理会他,银发金冠的人居然呼道:

"谁是李沉舟?"

却见李沉舟也站了起来,态度甚是恭谨有礼,众人正奇怪这两人来头好大之际，忽听萧秋水上前行礼，毕恭毕敬地招呼道：

"晚辈拜见两位前辈。"

原来这两人不是谁，正是在丹霞岭上，巧救萧秋水与宋明珠的武当名宿：铁骑道长，银瓶真人！

铁骑、银瓶两人，著名的是剑、掌、内功三绝，尤其是内功，已经到了炉火纯青、至高无上的阶段，但他们当日，因不知萧秋水已服"无极仙丹"，几丧命在萧秋水手里，一直到如今，他们两人，心里还暗暗感激萧秋水的手下留情。

二老一见萧秋水，想起丹霞之败，也有些不好意思起来，铁骑笑道：

"小子，你也来了，姑娘呢？"

萧秋水脸上一红，想起当日在丹霞谷中的荒唐事，旖旎情景，银瓶端详了他一下，即道：

"唉呀，怎么还是内功好，武功不济呀！"敢情他一眼就看出了萧秋水的功力与武艺不对称。

萧秋水一时也不知说些什么是好。铁骑又嚷道："这里有没有李沉舟在？"

李沉舟沉冷地站了出来，道："我就是。"

铁骑打量了他几眼，喃喃道："很好，很好，"银瓶也叹了一声，向铁骑道：

"英雄出少年，这句话真是没错，看来我们早该退休啦。"

铁骑苦笑道："不过还得办完此事才走。"

银瓶也苦涩地道："这事儿不好办吧？"

铁骑道："就算办好，也要觅个好徒儿，单靠观里的庸才，怎能继承你我的衣钵？"

李沉舟从中截断道："两位找我，有什么事？"

铁骑道："你有无一个手下，叫做柳随风？"

李沉舟点点头。铁骑轩眉道：

"那就是了。他在浣花萧家，杀了我派掌门太禅以及总观主持守阙；我要替我的徒孙们雪这个耻，报这个仇。"

银瓶道："少林听说也丧了掌门天正，还有七大高手中排第四的木蝉、排第五的木蝶，以及排第七的龙虎。据悉，武功排第三的木叶和排第六的地极两人，也要前来金顶找柳五报仇雪恨……"

铁骑道："又听说你在此地夺得'忘情天书'，你武功应已不错，加上'忘情天书'，那怎可以！……所以我们先赶过来，要先木叶和地极之前会会你……"

银瓶道："你快叫柳五一齐出来。"

李沉舟笑了。他的笑恰似春山般悠远，又似狐狸般狡猾，可是非常好看：

"是谁告诉你们我在这里拿到'忘情天书'的？"

银瓶道："一封信。"

李沉舟问："一封信？"

铁骑肯定地道："是一封信。"

李沉舟忽然扬声问："你们之所以得知我在这里，还有'忘情天书'的事，都是因为收到一封信？"

大多数人点头或应是，少数人因戒备而缄默。李沉舟笑意里有说不尽的揶揄：

"为了一封神秘的信，我们莫名其妙地在峨眉金顶大杀一番……"

萧秋水忍不住问："那么以前'战狮'古下巴被杀的传闻，又是怎么一回事呢?"

李沉舟答:"古下巴那一行人,确是柳五和刀王等所杀的。我本来就把蛇王包围在峨眉,古下巴等人假借游览之名,想救走他俩,而古下巴原来是武林四大世家'慕容、墨、南宫、唐'中之慕容家门人,来意不善,似有意收揽蛇王,故我下令杀之。"李沉舟目中第一次有一丝毫、一些微的愤然:

"所以,也因此暴露了行踪。"

银瓶奇道:"那么说,这里并没有'忘情天书'这一回事了?"

李沉舟笑道:"'忘情天书'倒没有,'无极仙丹'却是先闹了十几条人命。"

银瓶道:"不管有没有,我们还是武当派的人,武当那一宗血案,还是要血债血偿的。"

李沉舟笑道:"武林中以牙还牙,以血还血,本就是常事……两位剑、掌、功力三大绝,在下早如雷贯耳,但两位也知不知道,在我帮内,本有四大护法……"

银瓶变色道:"'九手神鹰'孙金猿和'翻天蛟'沈潜龙早已死了……"

李沉舟却紧接着说:"还有蓝放晴、白丹书二人……"

只听铁骑、银瓶二人一齐叫了出来:"东一剑、西一剑?"

李沉舟笑道:"正是。"

铁骑、银瓶有他们的当年。他们年轻的时候,更好勇斗狠,所向无敌。但也有一对难兄难弟,像他俩一样,在江湖上大大有名。

那便是著名的"东一剑、西一剑"。

东剑蓝放晴、西剑白丹书，他们两人，在江湖上曾制造了不少血腥风暴，当然，这一步逼使东一剑、西一剑终于与铁骑、银瓶对决的到来。

他们就在天山一战。

这一战下来，真是惊天动地。四人都还活着，但从今以后，铁骑、银瓶潜心修道，东一剑、西一剑也归属权力帮，不再似昔时之联袂闯荡江湖，肆无忌惮。

这一战对这四个人，影响都极大，使得他们都一度萌生退意。但这两对人，却始终谁也没服过谁，他们知道彼此还活着，就不断地苦练下去，也许就是为了日后免不了的一战。

而今这必须的一战，居然来了，而且就在今日。

这时忽听"当"一声，置在金顶崖边的钟，突然飞起，里面出现两道电一般的闪光，飞夺铁骑、银瓶之脊梁！

蓝放晴、白丹书的剑法，几乎可以算是近百年武林中两个绝异的人，他们剑法走诡奇、倏忽、快急一路，迄今邪派剑术之中，尚无人能超越过他们的。

铁骑、银瓶二人，出名的掌、剑、内功三绝，剑法乃得武当阴柔之正宗，掌法以得武当绵柔内劲的巅峰，至于功力，造诣之高，恐怕犹在邵流泪之上。

铁骑、银瓶二人，素知东一剑、西一剑犀利，如单打独斗，正面相搏，其结果未可预知。

可是这一刹那，大变骤然来。

那口巨钟内，竟然就是东一剑、西一剑藏身之处。

两道剑光，微若萤火，但迅若疾电，已刺入了铁骑、银瓶的脊梁内。

东一剑、西一剑两剑皆命中。

就在这瞬间，铁骑，银瓶内力的深厚，才完全显露出来。

他们一齐转身。

"啪啪"两声，东一剑、西一剑两剑齐折。

剑尖仍留在铁骑、银瓶背内。

铁骑、银瓶回身，出剑。

东一剑、西一剑运用断剑，一格。

铁骑、银瓶出掌。

掌劲"嘭"地打在东一剑、西一剑胸口上。

然后东一剑、西一剑的身躯就飞了出去，飞过之处，溅洒了鲜血。

但二人身子尚未到地，突然一扭，又向山下掠去。

铁骑怒喝："别逃——"声音忽哑。

银瓶断喝："追——"声音已噎。

两人跄跄踉踉，但身法依然十分迅快，直追而去。

场中只不过一下子，又没这四人的踪影，就似一场来得快又去无痕的噩梦一般。

地上仍是留有触目惊心的鲜血。

有的是东一剑、西一剑两大高手的身上淌出来的，有的是铁骑、银瓶两老前辈身上淌出来的，更有的是武林群豪在舍死忘生的争斗时所流下的。

在场中，眼光锐利的高手都看得出来：

东一剑、西一剑虽施暗袭，但武功与银瓶、铁骑，绝不致相差太远。

现下东一剑、西一剑身负重伤，权力帮仅剩的两大护法，只怕难存了，但武当派的两个耆宿，只怕也是一样。

对付这两名武功绝世的道人，李沉舟由始到终，都没有出过手。

萧秋水忍不住道："不公平。这不公平！"

李沉舟偏首问："怎样不公平？"

萧秋水跺足道："这就是你的部下！偷袭铁骑、银瓶，算什么英雄好汉！"

李沉舟侧脸道："东一剑、西一剑与铁骑、银瓶武功相仿，但稍逊半筹，这我是知道的，他们同时也是宿敌，白丹书、蓝放晴二人要杀两个老道，那绝对是力有未逮，难道我硬要规定他们面对面一对一地交手吗？那岂不是置这两个替权力帮立过不少汗马功劳的人于死地？如果是你的兄弟朋友，你又忍心这么做吗？所以我既不鼓励，也不阻止；我不出手，已经是很好的了。如果是你的弟兄，眼看要死了，姑不论他们出手得光明不光明，但你能忍得住不插手吗？嗯？"

萧秋水一时无言。李沉舟笑笑又道：

"其实要作为一个武林高手，首先要耳听八方，眼观六路，而且随时防患于未然，更常先置自己于绝地……铁骑、银瓶，武功虽高，但未免太天真，还不适合存活于这险诈江湖。"

萧秋水沉默良久，终于抬头，目中闪耀着精厉的光芒："我不知道你说得对不对，但贵帮之所以腐败，子弟之所以声名极恶，也就是为了这个，随时可以为目的而不择手段，甚至改变了原则来迁就手段，并不惜弃信背义。"

李沉舟长笑道："一门一派，是非曲直，岂有如此简单易辨？闻少林一脉，门户森严，门规更是天下闻名，但也出了木蝉、木蝶这等卖友求荣的人……"李沉舟缓声道：

"木叶、豹象两位大师，可以为然？"

他的声音虽平和，但悠悠地传了开去，只听山间传来了极深厚、端静的声音：

"阿弥陀佛，人谁无恶，唯佛是善。"

只见山上不知何时，已多了两名僧人。一名僧人，满脸皱纹，形同朽木，但双目湛然，背负长形布包。另一名僧人，十分精悍，黑须满络，但目光甚是慈和，腰挂戒刀。

李沉舟笑道："这次峨眉金顶，真是热闹，冲着我李沉舟的面子，竟来了这么多前辈高人。"

在场中的武林高手，听说是木叶、豹象两位大师前来，都纷纷为之动容。

原来少林寺除了行踪诡秘、不知尚在人间否的抱残长老外，还有七大名僧：他们师兄弟七人，在少林寺中各掌要职，名满江湖，天正便是大师兄，也是武功最高者，却已在萧家剑庐中，为权力帮徒所伏杀。

二师兄木叶，掌少林达摩堂、藏经楼要职，俨然少林派副掌门人之势。三师兄木蝉，掌罗汉、忏悔二堂要务。四师兄木蝶，则掌诵经堂。后来这木蝉、木蝶二人，皆是柳随风之手下大将，终为武当太禅真人所杀。

五师兄地极,掌理少林寺监。六师兄龙虎,为少林掌刑,却为叛逆杀于川中。七师弟豹象,掌任普渡堂。现下天正、木蝉、木蝶、龙虎纷纷已逝,剩下的只有木叶和地极、豹象三人。

而今豹象与木叶,已经上了峨眉金顶。

萧秋水忽然想到很多事情。

他想到几场他所经历过的大战役。

——萧家剑庐与权力帮之对峙,一公亭中:"四绝一君"、十九神魔和自己一组人之对抗。五龙亭里:两广十虎、权力帮和自己的一伙人厮斗。别传寺内:权力帮"八大天王"中的高手和朱大天王的手下之厮杀……

——还有重返浣花萧家时,古深、齐公子、八大门派高手、大侠梁斗等与权力帮"八大天王"中的四大天王之一役,到了后来,连少林天正、龙虎和武当太禅、守阙都出动了,还引出了柳随风,和他的"一杀、双翅、三凤凰……"

但今天的情况,更加剧烈。

峨眉金顶上,聚集了四大门派掌门,以及各路豪杰,还来了少林高僧木叶与豹象,武当耆宿铁骑与银瓶,朱大天王的长老章残金、万碎玉,甚至还有权力帮的两大护法:东一剑和西一剑。

——好像有什么大气象,正在逼近……

萧秋水不禁挑上了双眉。

他发现李沉舟正在怪有趣地望着他。

大敌当前,李沉舟不去注意木叶与豹象,反而在注意他。

李沉舟又问了一句更令他费解的话。

"你知道我最喜欢用的是什么武器?"

萧秋水摇头。

李沉舟微笑着，举起他一双拳头。

他的手秀气，他的手指有力，他的掌色红润。

他的手指长而肤色白。

他那既像写诗者，更像画画者的手。

可是他握紧了拳头。

"我不相信武器，"他说，"我只相信我的拳头。"

"拳就是权。"

"握拳就是握权。"

"出拳有力就是权力！"

"小人物不可一日无钱，唯大丈夫不可一日无权！——所以我们比昔年的金钱帮更气盛更强大更人才济济！"

"所以我只相信我的拳头！"

李沉舟握着拳转过身去，遥对豹象和木叶。

"少林寺对天正被杀之事，一直耿耿于怀，最主要是因为贵派方丈，武功可说已臻超凡入圣之境界，若不是死于暗算，是不可能败北的。"

木叶细聆到这里，低说了一声："善哉。"

李沉舟笑道："少林数百年来名震天下，独树一格，向未见什么门派能把少林的实力消灭，这次天正既殁，但仍有木叶大师在，确是少林之福。"

木叶道："施主过奖。"

李沉舟道："大师未出家时，是著名的'心明活杀派'的才子,剑术已到了能御剑、驳剑、心剑合一的地步,而且也是一代暗器名家,'满天星''雨洒长街'这几位暗器前辈,都曾在大师手下吃过大亏。"

木叶淡淡一笑:"可惜后来遇上唐老奶奶,没一个照面就败下阵来。"

李沉舟笑道:"唐老奶奶绝足江湖,武功神秘莫测,大师能在她手下活命,已实属难得。"李沉舟淡淡定定地道:

"所以在下要与大师过招交手,定必要非常小心,非常地小心。"

木叶大师脸上紧皱的纹似乎松弛了一些,精悍的目色略带一丝蔼意,道:

"李帮主尽管出手无妨,贫僧能不开杀戒,就尽可不造杀孽。"

李沉舟一揖,微笑道:"谢了。"

木叶大师双目仍如电光,盯住李沉舟,道:"今日我不找你,帮主也定找上少林,所以请恕贫僧放肆。"

李沉舟微笑,信步行入场内。

众人纷纷让出一大片空地来。

李沉舟衣袂飘飘,白衣悠然,微笑候于场中。

木叶大师长念:"阿弥陀佛。"向豹象大师深深一揖,豹象道:"方丈保重。"

木叶道:"如果不测,住持之职,还要师弟劳心。"

豹象惶然摇首:"师兄不可说这不吉利的话。"

木叶道:"无所谓吉或不吉,我有剑,乃慧剑,剑斩一切妄幻。少林大业,尚要师弟垂顾。"

豹象凄然道:"是。"

木叶缓步而入场中，沉静坚忍得就如一块木石。

风来。木叶的僧袍飘，李沉舟的衣袂飘。众人围观的心，也犹似被风吹送出了口腔。

木叶犹如朽木，朽木不动，任风吹过。

李沉舟却如不存在的事物一般，只存在于空无之中。

萧秋水看得手心发汗。他想，要是柳五柳随风在场，虽犹如一缕清风，但衣袂、木叶、红尘见处，尚可觉察人在身在；李沉舟的形神则如那青衣江上的一叶扁舟，已融入了天地之间。

他不明白李沉舟如何竟能在如此年轻就能达到这种高深的修为。

这是武林中极重要的一战。

白道中仅存的实力：少林寺代任掌门，佛法高深、武功渊博的木叶大师，要与名震天下，且执武林牛耳的第一大帮帮主李沉舟决战。

这一场战役，局面是如何，真不堪设想，但围观之人，明知冒险，但仍无一不想目睹此场战役，无一愿意离开。

李沉舟微笑道："大师，你的慧剑呢？"

木叶缓缓解开背捎的长包，一层又一层地，解开那极沉重的布裹。

他一面解开，一面说话。

"这剑是一流的剑，是从一位武林朋友处借来杀你的。"

"我以前练剑，后来能御剑，御剑时已鲜逢敌手。"

李沉舟虚心地应："是。"

木叶又道："未出家前，我已练得驳剑之术，创'心明活杀'剑法，当时可谓剑术之翘楚，而当之无愧。"

李沉舟似乎毫不惊讶木叶大师的自赞自夸，反而唯唯称是。

木叶接道："但我剑术的真正开始，乃在少林。在少林我练得慧剑。慧剑乃斩一切牵绊。即剑就是佛。"

这时他的包裹已解至最后一层。那长形的物体必定是极端珍贵的剑。这未出家前已是一流的剑客仰天憬然道：

"后来我再得天正方丈大师兄的指点，又突破了'慧剑'的阶段，成了'无剑'。"

"无剑"两个字一出口，他的手突然伸出！

他的手发出了香火一般的光彩。

他的手融于火、调于水、溶透天地。

他的手就是剑！

甚至不是剑！

而是无剑！

那包裹有没有剑，已不重要。

木叶的手才是剑。

木叶一出剑，李沉舟就倒飞出去。

众人让出那一大片空地，空地上空有串串茅花飞过，煞是好看！

李沉舟的身形就如茅花，不像他自身卷起的，而是被风吹起的。

他突然倒后而飞，白衣遮住了太阳，成了黑的物体。

太阳被遮，木叶脸上笼罩了阴影。

他一面疾退，一面发出暗器。六七十种暗器。

但李沉舟没有追击。

太阳又是一亮,李沉舟已落了下来。

他落到人群的第一栏去,突然挥拳,打倒了一人。

倒下的人赫然就是豹象大师。

豹象大师踣地吐血,他手上已握着一柄闪亮寒芒的戒刀。

李沉舟在他出手之前击倒了他。

第陆回 木叶豹象·章残金万碎玉

——无空、无活、无生、无命。这一剑尽是死机。死气自剑锋带起。

李沉舟不先打击木叶，而先击倒豹象，就是因为他已看出，这少林新任掌门木叶大师的剑法，已臻化境。

所以他一说话，先赞美木叶，道出木叶大师的武功实力，让木叶、豹象等人俱错以为李沉舟必聚精会神，决战木叶，殊不知李沉舟第一个先要剪除的是豹象大师。

豹象大师，自幼投师少林，为少林和尚中，杀性最强、杀气最大的一人，但他为人品性剽悍，虽每造杀戮后，皆十分忏疚。他的一口戒刀，曾击退过十次以上对少林的迫犯，适才木叶向李沉舟出手之际，豹象已操戒刀在手。

但李沉舟猝然倒飞，不管他是否会为卫护木叶而前后夹击，先击中了他。

豹象大师倒下。

这时木叶大师漫天的暗器纷纷落地。

李沉舟步如飞燕，凌空反抄，暗器如雨，落在他翻飞的双袖里。

木叶大师见豹象倒地，目眦欲裂。

他猛剥开最后一层布帛，只有剑，没有鞘。

这已是真剑，不是无剑，而是有剑。

木叶杀心已起。

李沉舟忽然袖子一卷，已在围观的一道人腰畔抽出一柄长剑。

这下兔起鹘落，真是迅雷不及掩耳。

道人只见眼前人影一闪，白衣倏飘，李沉舟已蹿向木叶。

木叶刺出一剑。

无空、无活、无生、无命。

这一剑尽是死机。

死气自剑锋带起。

可是死意陡止。

李沉舟手中的鞘，及时套住了木叶的剑。

木叶的剑有了鞘，等于裹起了层层布包。

这剑又回复了它"无"的状态。

它纵有力量，已发挥不出，所以一切又活了。

所以木叶只好死了。

木叶的确不同等闲，在这种时候，他居然还打出暗器。

十七八种暗器。

李沉舟要杀他，必须要付出代价。

生命的代价。

可是李沉舟一摊手，也发出了暗器。

刚才他接的暗器，木叶的暗器。

一刹那暗器全部射了回去，有的回旋，有的急转，有的反弹，有的剧撞，全都打在一起，把木叶的暗器全打落了下去。

然后李沉舟的拳头，就似闪电一般快，迅雷一般有力，击中了他。

木叶萎然倒下。

如同一张朽叶一般。

李沉舟轻松地拍手，没有丝毫骄态，但也不谦抑，只是悠闲地踱回场中。

就在这时，意想不到地，木叶、豹象两位大师自地上急跃而起。

木叶大师是藏经楼主管，他通晓无数心法内息的修炼，所以李沉舟的拳头，虽已震碎了他的五脏六腑，却不能使他立即死亡。

豹象大师则练就一身铜皮铁骨。李沉舟搏打他时，仍存待大部分精神留意木叶大师的出手，并未用尽全力，李沉舟的一拳，只击裂了他的肺腑经脉，亦未能即刻使之毙命。

他们倒地，直至培养起一口气，倏然掠起，力扑下山。

李沉舟回首时，他们已抢出了人群。

李沉舟没有追。

萧秋水却"咦"了一声。

原来木叶大师适才踏地的所在，留有那柄剑。

那柄剑落地时，又与剑鞘脱离：那么好的剑，那道人的剑鞘根本罩它不住。

暂时使它消失了光芒的是李沉舟神奇的手，而并非剑鞘。

那柄剑斑驳、陈旧、古意，只有剑锋口一处，隐冷地闪着，一种似波光似水光但又如毒蛇蓝牙般的寒芒。

这柄剑萧秋水认得。

而且非常熟悉。

因为这柄剑就是宝剑"长歌"。

萧家。剑庐。见天洞。神像前。

七星灯火晃闪，供奉拜祭的三牲礼酒，架有一柄剑。

一柄萧家历代风云人物闯荡江湖的佩剑。

从架着的剑身之斑驳、陈旧、古意，可以见出这些已物化的英雄人物昔日种种风云事迹。

萧家祠供前所奉祭的，就是这柄剑。

古剑"长歌"。

古剑长歌!
萧家的镇门宝剑,竟落在少林代理掌门木叶大师的手上!
萧秋水马上闪过木叶大师适才的话语:
"这剑是一流的剑,是从一位武林朋友处借来杀你的。"
长歌宝剑既在木叶手中出现,莫非父母的行踪跟少林也有关系?

萧秋水因想到这里,几乎忍不住跳了起来。
他真的跳起来,一边叫唤,一边追。
可是负重伤遁逃的木叶和豹象大师,又哪里能因他的呼唤而停止。
萧秋水见父母可能有消息,心急如焚,不顾一切,一手抄起地上的剑,狠命追去。
萧秋水内力虽强,轻功却不高,少林高僧大都在嵩山奇崖上下习过轻功提纵术,既发足在先,萧秋水就很难追得上,但萧秋水好不容易得到一点父母亲的线索,怎可轻易放弃,于是发足力追。

萧秋水一路追去,开始犹见地上血迹,再追下去,只有凭直觉判断,他揣摸受伤者的情理与行踪,经过了来时的骑鹤钻天坡,到了著名的九老洞。
原来《峨眉山志》上载:峨眉山有七十二洞,其中以"九老仙府"尤胜,位于峨眉最幽胜处,寺宇依山峰而立,故名"山峰寺",寺瓦是银制,并在万历时御赐《大藏经》全部,贝叶经、菩提叶经,均由天竺迎来寺中。

相传轩辕黄帝未访广成子前,先遇见九老洞的九老人,问其姓名,则为天菫、天任、天柱、天心、天辅、天冲、天富、天蓬、天因,轩辕因之题此洞为"九老仙府"。

九老洞财神殿旁,有许多小洞,其中一洞,可通达洗象池甚至笔架山,并有"神水"可疗恶疾,但洞小非蛇行匍匐前行不可,并岔路极多,走错者极难回出,故尸骨填塞洞间者甚众。

九老洞又有东西二入口,洞内黝黯,雾气蒸腾,蝙蝠飞翔,蛇鼠匿伏,在当时很少人敢进去探索。

萧秋水追到那儿,突然听到掌风和剑风的声音。

萧秋水从来没有听过如此凌厉的掌风和如此犀利的剑风声。

剑风响起时,萧秋水的耳朵几有被撕裂的感觉,掌风回荡时,如同大锤敲击在心腔上。

萧秋水见过龙虎大师的"霹雳雷霆",也目睹过屈寒山的"无剑之剑",但前者与现在的掌风与剑风一比,都变成了如同小儿持木剑追打嬉戏一般。

然后他就看到了一个惊心动魄的场面。

洞中有八个人在竭力厮斗。

这八个人都盘膝而坐,头顶上白烟袅袅,虽都是一流武林高手的气态,但是都似到了油尽灯枯的时候。

这八个人不是别人,都是萧秋水所熟悉的人。

这八人赫然就是:铁骑、银瓶、木叶、豹象以及东一剑、西一剑和章残金、万碎玉。

现刻的场面所形成的对峙是：武当的两名耆宿和少林的两名住持当然联手，而朱大天王的两名长老和李沉舟的两名护法，也正在并肩作战。

共同点是：这八人，都受了伤。

东一剑、西一剑乃给铁骑、银瓶所掌伤；铁骑、银瓶背部亦为蓝放晴、白丹书二人所刺中背脊；章残金、万碎玉、木叶、豹象四人则俱为李沉舟所伤。

现刻这八个人，亦即是雄霸一方的五宗大派中地位极高的老前辈，却因为各种不同的状况负了重伤，又因各所持的立场而拼搏起来。

萧秋水到的时候，拼斗已近尾声。

人人萎然垂坐，汗湿全身，颓然无力。

萧秋水跪拜过去，扶着木叶，急问：

"大师、大师，你醒醒，晚辈有事请教……"

木叶的眼光，已缺了神采，勉强举目问："你……施主何人……"

萧秋水正想答话，银瓶却一眼已瞥见了他，叫道："小子……你……过来……"

萧秋水趋近过去，银瓶气喘吁吁地道："你来得……正好……真好……我是受了伤，要不然……我和铁老儿的掌……剑……内功……三绝，天下无人能……及……"

萧秋水见对方气息若如游丝，知其难久于人世，黯然应道："是……是……"

银瓶怪眼一翻，啐道："是又何用！快……我跟你投缘，我把内功心法都传你,你要证实给……给后世的人看!"

萧秋水悚然一惊。铁骑接道:"我……传你掌功……剑法,你去给我宰了他们!"

萧秋水慌忙摇首:"道长,道长……我……我不是武当弟子,怎能……?"

铁骑费力喝道:"胡说!传功全靠机缘,不一定同门同宗,武当近年来没有人才……你小子有才分,正好传我俩的衣钵……你……你不受也不成!"

萧秋水还想拒绝,但铁骑、银瓶二人,已不管一切,向他解说内功心法、剑气掌劲起来,萧秋水情知这是绝代奇功,而且也是千载难逢的机会,这两位武林前辈眼看就要不支,盖世奇功眼看就要绝灭,萧秋水更不忍拂逆,所以他用心听,全神去记。

萧秋水记性强过人,但一直未曾好好练过武,但他因内功殊强,再修炼其他武学,便是十分容易。可谓一点就通,开始只是存心不想忤拂铁骑、银瓶的好意,但一旦听得入神后,便浑然忘我,潜心进修了。

如此约莫一个对时,铁骑、银瓶一面以一手抵住萧秋水之"命门穴"、"龙虎穴",一面授以武功心法,萧秋水一面强记死背,一面设法融会贯通,一面感觉到内力源源涌来。

又过了一个对时,萧秋水大汗淋淋,犹如自大梦醒来,发觉铁骑、银瓶已经坐化,他大吃一惊,却听一人静静道:

"你本来为啥事找老僧?"

萧秋水一看,原来是木叶大师。

萧秋水马上记起他追来这里的目的,忙递剑恭问:"大师,晚辈是浣花剑派第三代弟子萧秋水……"

木叶"哦"了一声道:"原来是萧檀越之子……"他脸色惨白,遍无血色,唇边仍不断涌溢出鲜血。

萧秋水忙问:"晚辈目睹大师以此剑战李沉舟,但此剑原属家严所有,不知……"

木叶苦笑道:"正是,你父亲偕同令堂等人,自剑庐地道,脱困而出,潜来少林,本来……"

萧秋水急问:"本来怎样?"

木叶叹道:"本来已逃脱权力帮之追踪,却不知为何,让朱大天王得悉,沿途截杀,浣花一脉,全军覆没……阿弥陀佛。"

萧秋水轰隆一声,只觉脑门一阵漆黑,真如金星直冒,只觉找遍了千山万水,忽然都绝了路,绝了路了。

木叶叹道:"我与七师弟遇上令尊时,他已奄奄一息,告诉我'天下英雄令'还留在剑庐,幸好没有携带出来,否则必给朱大天王搜去,而岳太夫人……却已被金人所掳……"

豹象大师接着道:"令尊把浣花宝剑交给我们,嘱我们要寻回'天下英雄令'。我们赶到浣花溪,才发觉方丈大师兄、福建少林住持等皆已被杀,故赶来峨眉,决意要向李沉舟讨还个公道,可惜……"

豹象说到这里,一口气接不下去。

萧秋水呆立原地,也看不出特别的悲伤。

他静静地看着木叶和豹象,这两大武林高手,为天下第一大帮帮主李沉舟所重击,已濒临死亡边缘。

木叶忽然胆魄一寒,并不是由自他此刻身体的残弱,而感觉出一种从未遇到的骇人怖人的杀气,来自萧秋水含泪的双眸。

萧秋水再望向倒于地上的铁骑、银瓶的尸首……能掌握武林力挽狂澜奋救天下的正道人物，难道都这么一个个……！

萧秋水忽然跪了下去，"咚咚咚"叩了三个响头。

木叶困难地道："我知道你想求我什么。"他向豹象艰难地说："少林与武当，同为武林正宗，然各有归依，至多联手御敌，向未结合联盟，所奉所信亦自相异，无法合一同心，想是天意……只可惜两派武艺，博瀚深远，也因各持己见，未能融会贯通，今日我俩既无望生回少林，不如……"

豹象大师默然良久。"我少林及武当精英，尽殁于近日的江湖变动中，武林大局，确要人掌持……就算悖了门规，但为了天下人之福祉，我们也要违悖一次了……至于……至于两家所长，能否贯通合一，成一代宗师，则要看施主的天资福分了……"

木叶微笑道："如此甚是。你起来。"

萧秋水茫然起立，木叶大师道：

"你杀性太强，易喜易怒，本不合于佛门子弟，亦不适于道教门人，但要对付权力帮、朱大天王这等人，则非要你这等人不可……"

木叶一只手轻按萧秋水额顶，语音低微，萧秋水聚神静聆，未几二人如黏合一起，身上飘升白烟袅袅……

豹象大师默诵一阵，也拊掌往木叶之背贴去，并传少林练功绝技心法。

如此三人黏合在一起，也不知过了多少时候。

豹象大师"咕咚"一声栽倒下去。

木叶大师长诵一声，圆寂端然。

只有萧秋水，瞑目未睁，依然在递增的内力与剧变的武功中沉湎忘返。

又过了很久、很久。

萧秋水一跃而起，居然收势不住，头顶"砰"地撞在洞岩上。

这一下吓得萧秋水一跳，全力猛收，但额顶依然撞中坚硬的岩石，簌簌一阵连响，数块岩石被撞得粉碎。

萧秋水跌撞几步，出得了洞，只见洞外犹有微弱的叱喝之声。

萧秋水定睛一看，只见四人已心有余唯力不足，在奄奄一息中仍作殊死战。

这四人居然就是章残金、万碎玉，与东一剑、西一剑。

铁骑、银瓶因悉心勤力使萧秋水武功增进，所以早殁；木叶和豹象也因心力交瘁，使萧秋水尽得真传后亡毙。然而东一剑、西一剑与章残金、万碎玉却拼搏至今，胜负未分。

萧秋水才出来的时候，这四人已油尽灯枯，奄奄一息了。

东一剑蓝放晴看见萧秋水，竭力叫唤上："喂，你来。"萧秋水走了过去，蓝放晴嚷道：

"你给我过去，把他们给杀了，如果他往左闪，你走寅位，剑捏天子诀，右'白虎奔雷'，剑尖取他'保寿官'；如他往右闪，则'五环鸳鸯步'，右'采花灯'，左弓箭梢打，剑走中锋；若他退后，扶掌拦剑，你抹剑走'天池势'，横扫他'采听官'……"

说到这里，蓝放晴叫道：

"这招就叫'白日飞升'！"

萧秋水听着，不觉模拟起来，蓝放晴等四人因已累倒，真气耗尽，故能指点，不能出招。

萧秋水深觉这一招高妙无穷，正在这时，那章残金气呼呼地道：

"喂，小伙子，要是你使那一招，我既不退也不闪，右掌作切，左掌使斩，向剑身剑腹施压力，扳刺你的'凌灵''福堂'，兼打'奸门''天仓'，那老鬼所教的一招，不是全都破了？！"

萧秋水本觉东一剑那一招"白日飞升"，已是精妙无穷，如今一听章残金的拳招，才知道是破解得天衣无缝，而且反击得令人无法招架。

只听章残金叫道："这招叫'残金破兵'，便宜你了，小子！"

四人为争一时之意气，斗争方酣。这时只听西一剑白丹书叫道：

"不怕。小子，你以右肘反撞，回打'中堂'，踏子午马、再转灯笼步，突然上路出剑，以九道剑花夺其'山根'。记住，剑出要快直，但剑意如太极，意在剑先。"

白丹书这般一说，萧秋水忙深思默记。这时章残金一听之下，神色愀然。萧秋水豁然而通，几次喜得飞跳起来，这招的确是制住刚才那一招"残金破兵"的最好方法。萧秋水喜问：

"这招叫什么名堂来着？"

白丹书道："'书剑恩仇'！"

原来东剑蓝放晴、西剑白丹书是权力帮的护法，数十年来，跟朱大天王部的长老章残金、万碎玉斗得你死我活，也成了棋逢敌手，各人研究的招法，亦几乎即为克制对方的招路而设的。蓝、白二人着重剑法，章、万则注重掌式，正好打个旗鼓相当，都俱为剑掌之菁华。

章残金一时惨然，万碎玉却在稍加思索后，即道："有了，他纳气退七尺闪开六尺……"

萧秋水不解，即问："吸气又怎能先闪后避共十三尺呢？"

万碎玉被打断，甚是不喜，怒叱："傻瓜，你气纳丹田的动作，分两次做，一次由鼻嘴吐纳一次由毛孔呼出，退时以踝运力，闪时则用趾步控制不就行了？只要有三十年以上的内力修为便得了。"

萧秋水十分聪明，一听就懂，但这种掌路身法却十分逆行倒施，萧秋水一时也无及多想，万碎玉接道：

"你再施分筋错穴手，拿他左腕，但沉肘反蹲，跳虎步上，右掌穿插他'旗门穴'，左掌劈脸……这招叫'玉石俱灭'。"

萧秋水稍为一呆道："不可能。既是'虎跳'，如何取'旗门'……"

万碎玉怒骂："小兔崽子，虎跳时沉膝走玉环步不就得了？！"

萧秋水一听，完全通晓，大喜谢道："谢谢前辈指教，这招连消带打，确能破去'书剑恩仇'！"

只听东一剑叱道："胡说。我只要走卯位，起震位，出掌双峰贯耳……"

这四人轮流争讲下去，虽无法动手，但依然要在一个青年陌生人面前争个长短，也不顾别人学到了多少。到了最后，四人心生恐惧，怕自己无招解对敌招，萧秋水即可过来杀掉自己，所以更把家传法宝绝招都抬了出来，而萧秋水又天生聪悟，加上四大高手指点，只要一点不明，四人便争相纠正。四人犹如泥足深陷，愈吐露愈多的秘技，简直不可收拾。

这四大高手的剑法、掌法，确实是冠绝天下，萧秋水默记吸收，真是受益良多。

直至四人声音逐渐低微了下去，原来各已油尽灯枯，心力全耗，而他们大部分绝艺，已皆传授到萧秋水身上去了。

他们起初指点得非常之快，后来愈说愈慢，因一般或熟稔的招式都已使尽，他们必须公开绝招或再创新技，始能破解对方的高招。

但因此更是伤神。这四人已濒临死亡。章残金这时正要思筹要挡白丹书的快剑连袭，苦思道："……我先以左手'铁闩门'，再平睁破排，以金刚出洞逼走……至于最后三剑……最后三剑嘛……"

白丹书的连剑共十七式，最后三剑尤其是"出剑如龙，收剑若松"，气势无尽，章残金等一时想不到破解之法，其他三人亦然，章残金只好说：

"我只好……用右鹤顶法拍打，右马提……提到左马之后，再起上……下庄摇虎势……拼个……拼个同归于尽……"

章残金这一说，其他三人都"呀"了一声，但亦都无法可想，连万碎玉出手相救，纵然各自弃招，也无法自救。

四人脸色惨变。萧秋水一直在细听，并比作招式，以求准确，现下忽然道：

"为何不走丹阳势，以双剑切桥，脚踢游龙，向削来之剑势闯破，反而能置之死地而复生呢？"

四人一时大悟，都喃喃喜道："是……是……"章残金侧了侧脸，皱眉道：

"唔？不对，要是双剑切桥，又如何游龙步势呢？"

萧秋水一笑道："把少林扎铁桥马之稳重，融入武当圆形弧势发力于腰中，便可以完美无缺了。"

四人不禁都颔首恍悟。万碎玉倏然脸色惨变，涩声道："你……你究竟是……是什么人？"

原来四人都沉耽于彼此比斗厮杀之中，毫不觉意萧秋水这年轻小伙子的本身，而今乍闻萧秋水能勘悟破解他们的执迷处，尽皆失色！

但此刻萧秋水已兼怀少林、武当、朱大天王、权力帮八大高手之所长，已经不是任何其中一人所能敌，更何况这四人俱已接近瘫痪垂死之边缘呢！

萧秋水道："我是萧秋水。"

东一剑蓝放晴脸色惨白，呆住了半晌，忽然问："如果九子连环，剑走官位，飞星抛月，左脚迫你之右趾，剑取印堂……你怎么破解？"

萧秋水毫不犹疑答："抢在剑先，剑尖飞刺来剑剑身，即可破之，是为'飞星刺月'，专破'飞星抛月'式。"

东一剑蓝放晴忽然长笑三声，然后口吐鲜血，惨笑道："很好……很好。尽得我之真传……没想到我临死前……还不明不白……收了这么一个……天质聪悟的徒儿……"

蓝放晴说完了这句话，猛喷出一口血箭，缓缓仆地。白丹书沉雄地瞪着萧秋水，问：

"如果对剑法比你高强但胆气不如你之剑手，要用什么剑法对付？"

萧秋水不假思索，即答："剑锷之剑。"

白丹书一怔，问："何谓'剑锷之剑'？"

萧秋水神速地道："即以拼命剑术，不惜以剑锷作为打击，如此神勇必能毁碎对方剑锋之剑的锐气。"

白丹书一拍大腿,断喝一声道:"好!可以成为我西一剑高徒而无愧……"

话未说完,已断了气。

东一剑、西一剑先后毙命,只剩下章残金和万碎玉二人。

二人相顾良久。

章残金问万碎玉:"我们要不要问问他,看从我们那儿学了多少?"

万碎玉道:"好。"

章残金道:"你问吧。"

万碎玉道:"真正的掌功,是掌的哪个部分?"

萧秋水爽然答:"真正的掌功,是全身,不限于手掌一隅。"

万碎玉满意点头。章残金紧接着问:

"若一双手掌被高手所制,你怎样?"

"运掌势于全身,反击!"

"如因掌受制以致全身无法动弹?"

"则弃剑。"

"剑?"

"弃剑即弃掌。"

"弃掌?!"

"是。弃掌如弃履。"

章残金望向万碎玉,一字一句地道:

"够狠,能果决,方才是掌法,他比我们还绝。"

万碎玉没有答,章残金见他双目紧闭,已没了声息,方才知道他已死了。

章残金抬头望向萧秋水,道:"这便是名震天下的'残金碎玉掌法'，你要好自为之。"

萧秋水道："是。"

章残金望向万碎玉的尸身，又望向白丹书、蓝放晴的遗体，苦笑道：

"几十年来，一直到这几日来……我们如生如死地拼斗……而今却有了一个共同的徒儿……"

他又笑了一下，笑意里有无尽讥诮："你们先上路了，怎能留我一人？……这世间路上，我们已走得厌了……黄泉好上路呀……"

他说着眺望山谷远处的云彩，喃喃道：

"真是寂寞……"

萧秋水侧了侧耳，要向前去倾听清楚，然而章残金头一歪，却已死了。

萧秋水在云雾间的山坪上，缓缓拔出了古剑。

云雾渐渐透来，似浸过了古剑，古剑若隐若现，终于看不见。

萧秋水渐渐运真力于剑身。

剑身又渐渐清澈。

剑芒若水。

这剑身就似吸云收雾一般，把云雾都吸入剑之精华内。

"几时，它才能饮血呢？"

——杀不尽的仇人头，流不尽的英雄血！

萧秋水望着皑皑白云，想起很多很多的往事。父亲英凛、慈蔼、辛劳的脸孔，变得好大好大，罩住了天地，罩住了一切。他又仿佛见到他慈慧的母亲，在绣着他的征衣。

……仿佛是炊烟直送，晚霭初苞，母亲在灶下煮饭，一道一道的菜肴，总是几手抄捞，平凡的菜色也成了好菜。父亲在咳声中磨剑，在某次他发烧的时候，用温厚的大手摸压他的额头。

……依稀是浣花一脉，众子弟在刷洗准备过新年，男男女女，喜气洋洋，并皆以不谙烧菜煮饭为耻。聚在一起小赌怡情，亚婶、阿霜逢赌必输，阿黄最烂赌，有次病得起不了床，还是要上桌来赌，阿环、巴仔最不会赌，乱开乱下注，结果输到"仆街"……爆竹声响，一家欢乐融融，还有"十年会"的人，更是张灯结彩，帮忙打扫……

可是现在都没了。

权力帮来了，摧毁了浣花剑庐。朱大天王截杀，杀害了父母，就在少林寺不远处。

只剩下寂寥的萧开雁，失踪的萧易人，没有消息的萧雪鱼……

还有在这山头上——萧秋水和他的剑！

第柒回 英雄血！仇人头！

——我最喜欢的人，是仁、义、忠、信之士。最恨的人，是不忠、不义、不信、不仁之徒！

人。斜飞入鬓的眉，深湛而悠远，空负大志的眼神！

剑。三尺七寸，古鞘，剑锷上细刻篆字"长歌"。

地。嵩山少林寺。

萧秋水跪在墓碑之前，没有恸哭，但泪流满腮。

雪已在树梢轻微消融。是雪来了吗？

——是雪近了。

然而萧秋水却觉春寒料峭，忍不住抱紧双臂。

他背插的剑，也沾满了雪花。

古松旁，墓碑边，有三个人。

这三个人已经等了很久很久了，他们知道，碑在，萧秋水只要未死，就一定会来拜祭的。

他们是曾与萧秋水结义的"四兄弟"之一的左丘超然，以及广东五虎之一宝安罗海牛，以及珠海杀仔三人。

萧秋水缓缓自地上站起。

然后他向三人抱拳。

三人默默抱拳，向他行来。

杀仔还是不减当日威风，他小声说话犹音粗若北风怒吼："萧大哥，我们两广八虎，已经约好了帮手，总联络处就设在湖南，专门对付权力帮、朱大天王等狗贼的。"

萧秋水颔首道："很好，很好。"目光即移向左丘超然。

珠海杀仔说得性起，继续讲下去："我们就暂且把那组织称作'神州结义'，乃沿用萧大哥所创的名字……"

萧秋水眼神一亮，道："'神州结义'？"

杀仔"得"地一弹大拇指，搂着萧秋水的肩膀，道："对！就是'神州结义'！我们这就去会合！"

萧秋水道："我？要我去……？"

杀仔道："是疯女、阿水姐她们要我和阿牛来接你的。"

罗海牛接着道："正是。他们现下就要开'长江大会'，挑选盟主，萧大哥快去一趟。"

杀仔也甚得意道："这些集结的人士，多是来自各地年轻武人，也有各派精英高手……他们都有胆识，不畏强权，但近日来敢以抗暴者，自然以萧大哥为最，你去，他们一定选你……"

"萧大哥是众望所归。"罗海牛长袖善舞地说，声音微带颤抖，"萧大哥是人中豪杰，我等特来请您过去一趟，并愿为您效忠，至死不渝，如若违约，天打雷劈，横尸神州……"

杀仔浓眉一敛道："阿牛你又何必出口那么重呢。"

罗海牛淡然道："因为我问心无愧。"

萧秋水一直被二人七口八舌地缠得腾不过来，好不容易才抢了这个机会问左丘超然：

"你不是与梁大哥等一道吗？他们呢？到哪里去了？我一直在找，找上了金顶………"

左丘超然木然。

萧秋水再问："左丘，你……"

倏然之间，左丘超然出手。

一出手，左手拿住萧秋水尺桡二骨上的"曲尺穴"，右手拿住肩部肩胛骨与锁骨的"肩井穴"，左膝顶往左肋尾端之"笑腰穴"，右脚踩住足部之"涌泉穴"，一下子，制住萧秋水四处要穴。

萧秋水嗄声道:"为什么……"

左丘超然冷冷地道:"我不是权力帮的人。"

萧秋水哑声道,"你究竟是谁?"

左丘超然道:"我是朱大天王义子,我要拿的是'天下英雄令'。"

珠海杀仔一听,怒眉上扬,眼睛得铜铃般大,"呀"了一声,大步踏来,伸手往左丘超然后襟上一揪,骂道:

"你妈的王八兔崽儿子,你居然是朱大天王的伙计、混进来的卧底?你他妈的孬种孬到咱'神州结义'来了?!你有没带眼识人呀你?我珠海阿杀只要在,就捶扁你的猪脑袋………"

左丘超然默然,依然只用手擒住萧秋水,既没避,也不挡格。

萧秋水心中闪过一丝不祥之感觉。

就在杀仔大手触及左丘超然刹那,罗海牛闪电般拔出杀仔腰挂的石锤与铁钉,在杀仔愕然回身之际,他一钉就插在杀仔心口,血溅如雨,杀仔怵不敢信,罗海牛森冷着白脸,一锤就钉了下去。

杀仔的惨叫,动地惊天。

萧秋水就算还能出手,也看得出杀仔已无活命之望了。

杀仔捂胸喘息着,说一个字,流一口血:

"你们……你……"他两边都狠狠地瞪着,终于带血的手指骂向罗海牛。

"我……我做鬼都不……放过……你……"

然后他就倒了下去。鲜血流湿了一大片,整大片的青苔和冰屑。

萧秋水冷然。

罗海牛阴毒的眼神望向萧秋水，满手沾血，一手持锤，一手执钉，向萧秋水一步一步走来，并且桀桀笑了起来。

萧秋水觉得那笑声好像那已死去的唐朋，他的幽魂而且全是恶的一面呈现在面前——

可是他并没有毛骨悚然。他冷冷地望着他，比他随便望着一条狗的眼神还冷冽十倍。

罗海牛桀桀笑咧了口，万分得意地道：

"你又猜我是谁？"

萧秋水忽然道："你知道我最喜欢什么人？"

罗海牛见萧秋水居然在这种情况之下，还问得出这样一句话，真是吓了一跳，向左丘超然打了个眼色，左丘超然表示已拿得稳实时，他才敢答话：

"我怎知道。"

萧秋水道："我最喜欢的人，是仁、义、忠、信之士。最恨的人，是不忠、不义、不信、不仁之徒！"萧秋水又补充了一句：

"但这些都不是你。"

罗海牛当然不会自作多情到以为萧秋水在赞他。

可是萧秋水也没有骂他，所以他笑道：

"原来你不恨我。"

萧秋水也笑道："我当然不恨你。"他笑着又加了一句：

"因为你根本不是人。"

他微笑望着因气而惨白了脸斜着鼻子的罗海牛，又轻轻问了一句：

"杀害自己兄弟的人，能算作人吗？"

罗海牛忍无可忍。他一紧张，全身就抖，这可能是因为小时候有羊癫症之故。他很想长袖善舞，却总是舞不开来，他好久才从牙龈中迸出几个字：

"左丘，杀了他！"

然而左丘超然没有立刻下手。

罗海牛气得抖得像只冷冻了一夜的秃毛狗，愤然切叫：

"杀了他再搜'天下英雄令'！"

左丘超然还是没有做。

罗海牛怒极，抖着声音叱喝：

"你不忍做，我做！"

他拿着钉锤，大步走过来。

就在这时，他忽然发觉左丘超然眼色有些不对。

左丘超然在制着萧秋水，但他的眼神是哀怜的。

萧秋水却眼神悠远。

等他发觉的时候，已经来不及了……

左丘超然松软如一团面粉般散垮下去。

罗海牛第一个意念想走，但因离萧秋水已太近，手中又拿着武器，而且他见过萧秋水出手，以为一定制得住对方，所以大喝一声，钉锤齐凿——

就在这刹那——

罗海牛的腰背上"突"地凸露了一截剑尖。

明亮的剑尖。

如雪一般的剑尖。

发着水波一般的漾光。

血溢出，掉落在草地上，猩红一片，但剑的本身，却丝毫没有沾血。

只是雪花恰在这时飘落剑尖上，剑尖上有雪。

只沾雪，不染血。

——宝剑"长歌"。

罗海牛的喉头里格格有声，也许他还想强笑"桀桀"几声吧，然而此刻已经再也笑不出来声音，反而笑出血来了。

萧秋水冷冷地望着他，道："这是你出卖兄弟所得的报应。"

他"嗖"地抽回长歌剑。剑身依然一片清亮，"我杀了你来祭我的剑。"萧秋水又说：

"它第一次就饮你这种非人的血。"

罗海牛似乎拼命想挤出一种笑容，使他死得漂亮一点，但就在他刚想绽开一个笑容的刹那，他的神经已不能控制他脸部的表情：

他死得像追悔什么似的，甚是痛苦。

萧秋水在看着他的剑。雪亮的剑。

然而他想起昔日在五龙亭上的故事：那些勇奋救人，大声道出"永不分离的广西五虎"的英雄好汉们。丹霞山上，在烈火熊熊中勇救罗海牛，守望相顾。可是现在……

血，洒遍了他父母坟上的青草。

以人血来悼祭，这算是血祭吧？他想。

——是哪位前辈说过的话："杀不尽的仇人头，喝不尽的英雄血！"

——斩尽天下无义、不忠、背信、忘恩的人,交尽天下热血的好汉、洒血的英雄!

想到这里,萧秋水忍不住大喝一声,震得松针如雨落。

"杀!"

萧秋水变了。

他有了他自己的剑,他自己的武功。

显然他不见了唐方,失去了友朋。

他变了。

左丘超然卧倒在地上,不敢发出一声呻吟。

他竟对这曾朝夕相对的"大哥",发出了有生以来第一次的强大恐惧。

他的骨节,就在他要发力折磨压制在萧秋水四处要穴上的时候,对方本无蓄力的躯体上,忽然自本来人体的最脆弱点,迸发出极其强大如排山倒海的功力,迅速且无声息地将他的劲道吞灭,击散了他全身的关节骨骸。

他全身已溃散,是萧秋水揪住他,是以才不倒下。萧秋水放手,他就松脱在泥地上。

"他又为什么要这样做?"萧秋水看着地上的罗海牛尸身,这样地问。

他问的当然是还活着的左丘超然;既然已死了的罗海牛不会作答,左丘超然只好答话了:

"他跟我一样,都认朱大天王作干爹。"

萧秋水冷笑:"他要那么多干儿子来干吗?"

左丘超然一笑，有说不出的暧昧与苦涩："因为他没有老婆。"

萧秋水忽然了解了左丘超然那苦涩的笑容指的是什么了。

朱大天王喜欢的是年轻男子。那么罗海牛等在他麾下的身份，乃跟娈童没有什么分别了。萧秋水于是也明白了：左丘超然为何与权力帮作战时十分卖力，偏又在生死关头不肯救他。

两帮人马比起来，反倒是权力帮光明磊落，正当正面。

攻击浣花剑派时，权力帮在攻，并与白道正面冲突，对消实力，不若朱大天王，暗中进行狙杀与抢夺"天下英雄令"的企图。

萧秋水暗中叹息："你们愿意这样做？"

左丘超然没有摇头。他不能摇头，因为颈骨已扭伤，但他能说话。

"罗海牛自大，认为他长袖善舞，从善如流，地位应在其他几头小老虎之上，所以不惜出卖，第一个就先要格倒你，再由朱大天王另立首领，来取代你的地位，夺得领导'神州结义'的宗主权。所以他才暗算你。"

萧秋水湛然的眼神望定他，"但是你呢？"他紧紧追问。

"你又是为啥呢？"

左丘超然苦笑。"我的师父是项释儒……养父是鹰爪王雷锋……父亲是左丘道亭……我不忍见他们死！"

萧秋水皱眉问道："这么说……令尊等亦在朱大天王的威胁之下？"

左丘超然因筋络之疼痛而不能言。萧秋水改换话题，急问："梁大哥、老铁、小邱等……是不是在你们掌握之中？"

左丘超然想点头，但稍动之下，痛得渗出了眼泪。萧秋水接近他的背心，一股热流，周游左丘超然全身，左丘超然强撑一口

气,答:

"是。"

萧秋水又问:"他们在哪里?"

就在这时,闪光突现。

萧秋水跳开,飞剑居然一折,双双射入左丘超然眼中。

左丘超然惨叫,折断的手,兀拼命想抚住脸。

那人飘然下来,剑光一闪,斩断了左丘超然一双手。

左丘超然嚎叫,全身不住发抖,声音如濒死的野兽低鸣。

那人听了却笑了,好像左丘超然的呜咽是说给他听的笑话一般好笑。

就在这时,剑光一闪,左丘超然就没了声息。

剑芒是萧秋水手中发出来的。

但他的剑,就似全没出过鞘一般。

他的剑,刚才确是为了提早结束左丘超然的痛苦,而发出来的。

那人很年轻,一双长目却很锋锐,开始敛住了笑,眯起眼看萧秋水腰间的古鞘剑。

"我叫娄小叶,"他眯起眼睛笑道,"我是一个很有名的杀手,你大概听说过吧?"

他道。

柳随风在走出浣花萧家的时候,曾记起适才在剑庐,感觉到一个少年高手的存在,然后他寻思索遍,有几个初崛的少年高手,包括了东海林公子,蜀中唐宋、唐绝,还有一人:就是这天山剑派的后起之秀娄小叶。

在当时,权力帮总管柳五脑中飞快闪过的资料是这样的:

——娄小叶,用柳叶剑。好斗,喜一切斗争、杀戮、骗诈、狙击。

但是在柳随风的档案里,他不知道娄小叶是朱大天王的义子,而且是义子群中的头领,最凶悍的一名。

天山剑派传到了"飞燕斩"于山人,已经到了鼎盛之际,不但门徒众多,连剑法也到了顶峰时期。

天山剑法向来讲究轻、灵、快、捷,但到了于山人手中,擅使长剑"如雪",据说他曾以这一柄剑,攻得十七名使剑高手,一剑都来不及还。

而他练剑,在天山的壑谷绝崖间斩落飞燕,百试不爽,故名"飞燕斩"。

这剑法厉害,还是其次,但在天山绝岭上向天空飞掠的燕子跃起斩落,轻功更要卓越,于山人的剑法,可以说已无懈可击,娄小叶是他的高足,却能自创一套巧妙的剑法。

这就是"柳叶剑"。

向来只有"柳叶刀",无"柳叶剑"。

柳叶刀着重灵、轻、快、捷,娄小叶便把柳叶刀的打造方法与攻守招法,全都移注到剑上来。

柳叶剑法不斩飞燕,斩柳叶。

风中的柳叶,轻、飘、无依,更无处着力,比飞燕更难斩。

娄小叶则是站在水上出剑。

他能以足踮于水上借力飞跃,比于山人仅穿掠于绝壁危崖间,又巧妙了许多倍,所谓"水上飞",是极高深的轻功提纵术。

也只有在足尖能借水之柔力时,才能斩落水边之柳叶。

娄小叶一旦学成,杀生无数,奸淫、盗掳,无所不为,武林中也难有人制得住他。

萧秋水听说过这个人,是从他的好朋友林公子处得知的。

那时候东海林公子正是要找娄小叶比武。

林公子与娄小叶齐名,但林公子转述给萧秋水知道为何要追杀娄小叶时,声音因愤怒而颤抖。

因为那时娄小叶已在十日里杀了三十七名无辜的人:其中泰半是不曾练过武,娄小叶仅是为了要研究他的剑法怎样才可以更完美无缺而杀人,并且尽量让他剑下亡魂的鲜血不致溅及自己衣襟上。他有洁癖。

第捌回 第一次决斗

——对敌最好是以奇兵出击,否则:不妨将计就计。

萧秋水道:"很好。"

娄小叶皱眉问道:"哦,很好?"

萧秋水道:"我有一个朋友,叫做林公子,听说过吧?"

娄小叶眯起眼来笑道:"哦。他嘛,刀剑不分的家伙,想必也男女不分——为什么'很好'?"

萧秋水说:"他想杀你,'很好'的意思是:我可以代他杀你了。"

娄小叶一怔,旋又哈哈笑道:"你就为这点杀我?"

萧秋水道:"不止。"

娄小叶问:"还有的原因呢?"

萧秋水道:"因为左丘。"

娄小叶奇道:"你要代他报仇?"

萧秋水肃然道:"正是。"

娄小叶诧异地道:"你忘了他出卖了你么?"

萧秋水穆然说:"可是他曾是我的朋友,更是我的兄弟——"

"一朝是兄弟,一生是弟兄。"萧秋水补充地加了这一句。

娄小叶怔住,隔了好一会,又哈哈地笑起来。

"这点我倒没料到。"娄小叶边笑边道,"不过我杀他,倒不是为了他出卖你,而是他想出卖朱大天王。"娄小叶敛住了笑,盯住萧秋水道:

"他适才的话,有对天王不满之意。"

萧秋水冷冷地望定他道:"你是朱大天王的人?"

娄小叶点头,然后又眯起了眼睛:"刚才你闪躲飞剑,身法好快。"

"……"

"你刚才说要代林公子杀我，想必是要以浣花剑法来领教天山剑法的神妙了？"

萧秋水摇头。伸出一只手指：

"我用浣花的剑，未必用浣花的剑法。如果真的是浣花剑法，那我的人是浣花子弟，就算用一根指头杀你，你也是死在浣花剑下。"

娄小叶冷笑道："天山剑派的真义，可从来没有光说不练。"

萧秋水没有再说话，只是缓缓拔出长剑。

剑鞘斑驳，剑身雪亮。

古剑"长歌"。

"好剑。"娄小叶不禁脱口赞道。

然后他就拔出了他的剑。

真是一把神奇的剑。

这剑轻薄如纸，但美如仙物。

这柄剑竟似是明珠镶造的。

单只剑锷的钻石柄子，就已价值不菲。

娄小叶无限珍惜这柄剑，这柄淡弯如眉月的剑。

这剑不似拿来战场上用的，而是应在家里当作瑰宝珍藏的。

这柄剑能在比斗中发挥多大的效用？

娄小叶眯起眼睛，小心翼翼地问："这柄剑的价值，你的眼神不盲，当然能看得出来。"

萧秋水点点头。娄小叶骄恣地道：

"它不但漂亮,而且还是一柄最能杀人的剑。"

一说完他就出了手。

一下子便分出了胜负。

而且分出了生死。

一下子是极快。

但在这极快的瞬息间里,有许多变化。

至少六七个变化,两三个心理转折。

娄小叶先出招。

他一剑斩出。他的剑招虽与师父于山人迥异,但仍是"斩"字诀多于"刺"字诀。

萧秋水横剑一格。

他用的是武当剑法的"横江势"拦住。

但在他的"长歌"剑才触及"柳叶剑"时,柳叶剑就"叮"地断了。

断掉的一截,约半尺长,恰好飞落在娄小叶的左手里。

娄小叶一手抄住,闪电一般,以断刃向萧秋水当头斩到。

其中已经包含了几个微妙的心理变化,即是娄小叶算准了萧秋水知道他重视这柄价值不菲的宝剑,所以必用削铁如泥的"长歌"剑去抵制它。

而"柳叶剑"其实十分易折的,一经锐劲挡格,必定断裂,娄小叶趁对方得意于震断敌手宝剑之际,左手施真正的"柳叶短剑法"搏杀之。

这必能将萧秋水杀个措手不及。

这计划前部分完全成功。

萧秋水确用剑挡架，柳叶剑确然中断——可是萧秋水先看出了这一点，才故意去冒险行这一点。

——对敌最好是以奇兵出击，否则：不妨将计就计。

这就是将计就计。

首先，萧秋水断定不可能是浪得虚名之辈的娄小叶，不可能用一柄中看不中用的剑来自毁性命。

——会用剑的人，断无可能用一柄不能用之剑。

——除非是无用之用，方为大用的剑！

所以萧秋水故意中计，去震断对方的剑。

——但他的心神并未被那剑的华丽外表所吸引。

断刃飞出，萧秋水已憬悟到娄小叶的计策。

就在娄小叶左手抄住断刃的时候，萧秋水已一掌劈了出去。

萧秋水的左掌切在娄小叶的断剑剑身上。

断剑极脆，"嘣"又飞折一截。

就在娄小叶的断刃劈至萧秋水额顶前一刹那，停住——因为另一断剑已飞射入娄小叶咽喉中。

这断剑插断了娄小叶的气管，摧毁了他的力量。

娄小叶动作顿住，败。

他倒下，死。

娄小叶想用那"柳叶剑"易脆的特性来杀他，他就用同样的特点来杀了娄小叶。

娄小叶等于死于他自己的剑下。

战斗只有一下子,但变化转换无穷。

稀稀落落的掌声,自松林那边传来。
松林里走出一个人,淡青衣,沾雪花,微笑。
萧秋水目光收缩,感到亲切,也感到震慑。
一种如临大敌的震悚。
这人正是柳五。
柳随风。

柳随风一面拍手,一面笑着走出来,碎雪在他走动时簌簌落下,他一定是站在松林里好久了。

"好。好剑法。对方用第一截断剑对付你,你借他第二截断剑杀了他,他临死时还握着第三截断剑……好,好,单只此役,已可列武林第一流高手榜上无愧。"

萧秋水看着这个人。这个传说纷异的人,曾经神奇地从和尚大师、天目、地眼以及一干武林高手的制伏与围困下神秘地消失。

这是一个武林中至为头痛的辣手人物,行踪至为飘忽。

这人的可怕,甚至还在李沉舟之上。

柳随风笑了:"我不是找你比斗的,帮主有令,待你和皇甫高桥分出胜负后,他才准我,甚或他自己,来跟你还是皇甫决战,这才比较有意思。"

萧秋水缓缓收剑,没有答话。

柳五说:"我有三大绝技,这是武林人所共知的。其中一项,是杀和尚大师的暗器,想必你还记得;另外两种,我还没有施展过。"柳五笑了笑又道。

"你的武功精进奇快,现在的实力,恐不在和尚大师之下。我本极想与你一战……但我还不敢有违帮主的命令……帮主要我看你如何搏杀娄小叶,把情形告诉他。"

萧秋水道:"我也见过李帮主对敌之场面。他造成声势,使章、万两位前辈以为他要出击烈火神君,是故蓄聚平生之力,然而他却平静若定,并不攻击,致使章、万二位将功力全泄——就在这刹那,他才袭击,先伤章、万二人,再杀蔡泣神。"萧秋水此刻侃侃而谈,与数月前于剑庐论剑时相比,以前只属武术之热心者,后者已具武学宗师之雏形。

"然后李帮主又搏杀木叶、豹象两位大师。他与木叶对峙,卸开木叶大师攻击的主力,却先击倒场外的次要对手豹象大师,并以此打击木叶大师战斗信心,再伤退木叶。……李帮主的出手、策略、兵法、斗志、武功、运用,都是我平生首见,钦服之至。"

柳五深表同意地点头,道:"不管是与帮主为敌或为友,没有人不佩服他,除非是连佩服的程度都谈不上的人。"

萧秋水淡淡地问:"你来只是为了观战?"

柳随风笑着淡淡回了一句:"你说呢?"

风轻轻吹过,萧秋水鸡皮疙瘩却一一凸起。

柳随风的话说得很轻,比风还轻,但在萧秋水的感觉里,柳五说了那句后,连风都沉重若擂鼓。

柳随风曾失手被萧秋水擒过;但萧秋水的感觉中,他以前所见过所斗过的人,任何一人,只要跟柳随风一比,都不知落后到了哪里去。

萧秋水与人斗争,向未生过畏惧心,如今对站在对面随随便便的柳随风,却真正有了惊虑。

柳随风忽然一耸肩,道:"我也很想;"他的话如风送刀锋,他接着道,"可惜我不能。"萧秋水感觉到风势都平和了下来,柳随风又说:"帮主不许。"萧秋水顿感如释百斤重负,全身都轻松了下来。

"不过……"柳随风笑道,"总有一日的,只要你还在……"

萧秋水冷冷地回了一句:"只要你不死。"

柳随风笑了,笑意有隐伏如刀锋,他突然问:

"你想不想知道梁斗等人的下落?"

萧秋水一震,道:"当然想。"

柳随风笑道:"左丘死了,不能告诉你;我却知道他们在哪里。"

萧秋水狐疑地道:"是你们干的,还是朱大天王的人做的?"

柳随风笑道:"当然不是我们。"

萧秋水道:"那你怎么会知道……"

柳五哈哈一笑,神秘地道:"因为他们抓走的人中,有我们的人,我们的人留下线索,我就知道了……"柳随风一面笑一面说。"我的答复不知能不能令你满意?"

萧秋水冷冷地道:"但你还没有告诉我他们在哪里。"

柳随风大笑:"你到陕西终南山去看看吧,只要在灞水销魂桥上,找到一个没有钓丝的渔人,你就可以问到你想找的人下落了。"

萧秋水还在设法记住地名的时候,柳随风已随一阵风过而不见。

他的声音却清晰地传过来,带着笑意。

"我这样的轻功,你会是我的对手吗?"

——昔日地眼大师等十数高手包围，柳随风身负重伤，也是在一瞬间消失不见。

——风过处，柳随风就消失了。

——这样的轻功，恐怕世间再也没有第二个，因为没有第二个柳随风了。

但是萧秋水静静地自忖回答了柳随风的话：

"轻功不代表武功。"

    稿于庚申年风波中的元宵（一九八〇年三月一日）

    校于癸酉年（一九九三年）七月十至十四日

    "六人帮"第五集出书／为君凌事大冲突／《风采》开始载"谈玄说异"专题系列／感父母恩德。

    修订于一九九七年（十二月二十至二十一日）

    何梁电约苏，将交付"花城版"：《天下无敌》订金／新鸿电催访稿／香港敦煌版推出"四大名捕震关东"《追杀》《亡命》《妖红》《惨绿》／各路兄弟分别赴澳会聚。

第玖回 大雁塔里的秘密会聚

——世间的名和利，都来自于比较，争强好胜，都来自于不服气。

终南右城在长安。

李白咏终南山时云：

出门见南山，引领意无限。
秀色难为名，苍翠日在眼。
有时白云起，天际自舒卷。
心中与之然，托兴每不浅。
何当造幽人，灭迹栖绝巘。

这是诗人李白在怀才不遇的寂寞生活中，只能托志于秦岭浮云，在天际自由舒卷。

长安古城中谪仙楼，是当年三大诗人所到之地，李白、杜甫、贺知章都曾来过此地。

萧秋水虽寻人心切，但路过长安，总是会来缅怀一番，他准备在午膳之后，就赶去灞桥。

就在他细尝古城名菜之际，忽然楼上一阵骚动、嚣嚷，萧秋水大感奇怪。

只见两个穿着一身花花绿绿的彪形大汉，一个手拿拐子棍，一个手拿白蜡杆方天戟，走了上来。

谪仙楼的几名伙计走上前去劝阻，那两人轻轻一拨，伙计们都如断线风筝一般，飞了出去，老半天爬不起来，咿咿哎哎地呻吟着。

萧秋水看得大皱眉头，这时那二掌柜的也上前劝阻，恳求道：

"大爷，两位大爷，小店是小本生意……求求你俩行行好事，约战摆在别处……"

那使方天戟的大汉喝道："住口！我们约定对方决战的地方，怎可以随随便便更改的！"

这时老掌柜也跑出来劝解，那两人就是不听，比较胆大的几个城里的翁长，也劝说道：

"不行呀……这里是有名之地，你俩看看，墙上还留有李白的题诗呢……不能在此决斗呀。"

又有人劝道："在别人店里打杀，把人家楼店都砸了，叫人家吃什么来着……"

那使拐子棍的"啪"地反手一巴掌，把说话的人打了出去。其他的人纷纷惊呼而退，哭丧着脸呜咽：

"天啊……这个年头王法去了哪里？……天理何在呀！"

萧秋水着实按捺不住，拍案而起。

那使拐子棍与使方天戟的，稍闻异动，即有所觉，两人向萧秋水处望来，犹如两道森冷的电光。

萧秋水正待说话，突听一人怒叱道：

"呔！你们两个狗徒，在这里作威作福，目无王法吗？"

说话的人非常年轻，眉清目秀，背插长剑。他身旁的人，年约三十，是衙门差役打扮，腰挂长刀。

那使方天戟的回骂道："你又是什么东西？"

使剑的少年竖眉怒道："你有眼不识泰山，我是终南剑派第十一代弟子原纹瘦，他是我堂兄，长安名捕快'手到擒来'牛送之，你们还不走，就抓你们到衙府里去。"

那两名恶客一齐哈哈大笑出声来。原纹瘦怒不可遏，他是血气方刚，怎能忍受此等辱笑，"唰"地拔出剑来，一耸肩，即跃过三张桌面，"呼"地划出一道剑花，叱道：

"要你知道讪笑的代价。"

说完剑花一飘,如白云舒卷,直取拐子棍大汉的脉门。

萧秋水稍皱了一下眉头,心忖这少年出剑好狠,同时深心暗佩终南剑法的变幻与意态。

那使拐子棍的冷笑一声,猝然一夹,一双拐子棍,恰好把剑夹住,一脚踹出,"砰"地把少年原纹瘦踢飞出去,"砰"地飞出了窗口。

那衙役牛送之脸色大变,"唰"地拔出腰刀,站了起来。使拐子棍的冷笑道:

"这等三脚猫功夫,也来唬人。"

那牛送之倒是毫不畏惧,大喝一声,一刀砍了下去!

讵知半途突出一记方天戟,架住大刀,反手一扳,"咯噔"一声,大刀折断,那大汉以戟尾白蜡杆回扫,"砰"的一声,又把这差役扫出窗外,落下街心去,窗外行人哗然。

这时楼下又"咚咚咚咚咚咚"赶上了四名公差,想必是楼上发生事情,衙里派人巡视的,这四名差役,一看就知道是练家子,都是缉拿悍匪的老经验,一上来就摆明阵势,拔出腰刀,楼上局势,一触即发。

萧秋水本待出手,既见官府有人出来,也一时不好贸然插手,免遭误会,正在盘算细想,忽听楼下哎呀连声,被挤出一条路来,人人都嫌恶地望去,只见一高大的黑汉,排开众人,大步地走上楼去。

这黑汉威风凛凛,人未到,声先到,大声喝问:

"喂,幽州双鬼,我黑煞神来了!"

只见那两个先前的大汉互观一眼,却紧张起来,摆起了阵势。

萧秋水心中大奇，这两人在众人围困之下，毫不变色，而今黑煞神一出，倒是十分戒备，想必黑煞神是难惹之辈。

黑煞神怒喝道："你们还不下来迎接！"

那楼上两人又交换一个眼色。使拐子棍的道："你自己上来呀。"

使方天戟的大汉道："这儿有人阻挡我们的比武哩！"

黑煞神怒叱道："谁？是谁！好大的胆子！"

四名差役，一时相顾不知如何是好。那黑煞神大步走了上来，一双大眼，睁得暴涨，呼噜呼噜地喝道：

"是谁？谁敢如此？"

然后上得了楼，这人头几乎触着了楼顶，四名牛高马大的差役还不及他的胸膛，黑煞神大声喝问：

"你们是么？是不是你们？"

四名差役连回答都来不及，已有一人，被他一抓一丢，丢了出去，半晌爬不起来。另一人被他拎住，一甩飞了出去。一人拿刀来砍，被他一脚连人带刀踢出。剩下一人想溜，被他一张桌子砸过去，晕七素八，晕倒当堂。一时间四个差役，全都解决了。

黑煞神拍拍手掌，整整衣衫，向那原先两人道：

"好了。这儿干干净净，正合我们决一死战。"

这时长安城的人们已不知来了多少，全都聚集在谪仙楼下观看，一面怨恨这些人的无法无天，一面生怕他们毁掉那些珍贵的文物，但却无人敢上前干涉。

那使方天戟的眼神骨碌碌一转，赧然道："好，咱们就打。好好在这里打一场。"

使拐子棍的也一吞口水，干笑道："咱们这一战，非打个天翻地覆不可。"

萧秋水忍无可忍，正要出手，忽听一人道：

"等一等。"

说"等一等"的人也是在楼上，不过是偏于屏风后阁子里一隅，这是一个颀长的年轻人，手里拿着一把长柄九环刀，威风八面。

他身边左右都有人。左边一人，又肥又矮，五短身材；右边一人，又高又瘦，竹竿一般。

萧秋水深觉纳闷，只好静观其变，到必要时才出来，只听黑煞神大骂道：

"你是什么人？不怕我黑煞神拔你的舌头吗？"

只见那颀长青年挺身而出道：

"你听过皇甫公子么？"

"皇甫公子？"——这名字在萧秋水心里一闪而过：这名字怎的好熟？

只见那黑煞神、使方天戟的、使拐子棍的三人俱脸色一变，愣然问道：

"皇甫公子……皇甫高桥是你什么人？"

长安城中的人，听得皇甫高桥这名字，也引起纷纷骚动。有些人正七嘴八舌在说话：

"皇甫高桥……就是皇甫公子！"

"皇甫公子行侠仗义，这次有他出来……"

"一切问题可都解决了！"

"皇甫公子的人，一定能好好教训这三个煞星！"

那颀长青年含笑团团向楼下众人一揖，有礼地道：

"诸位放心，皇甫公子吩咐过，任何人敢欺压民众，我们都不会放过他！"

楼下民众又自是人人道好，纷纷喝彩声四起如雷，有人争相传诵道：

"这人就是皇甫公子的拜把弟兄，叫做齐昨飞，旁边的是皇甫公子近身护卫，一个叫做'竹竿打影'黎九，一个叫作'冬瓜锤鬼'潘桂，三人武功都很高。"

"唉，不知是不是那三个煞星的对手！"

这时黑煞神哼声道："喂，齐大管家的，我们三人没惹你，你也少来惹我！"

齐昨飞脸色一沉，道："滚出去！长安城岂是容你撒野之地?！"

黑煞神大怒，哇哇叫道："我是给皇甫高桥面子！你小子不知好歹，我先宰了你！"

说着"呼"的一声，全力掠起，带起一股凛然的劲风，袭得人喘不过气来，眨眼间到了齐昨飞面前，"砰砰"两拳击去，拳刚击出，臂骨已发出"啪啪"的响声。

齐昨飞一扬掌，双掌似无骨无力，却接下了两拳，突然一蹲，抄起九环刀，一刀回环拦扫。

这一刀，之妙、之快、之准，真是不可想像，黑煞神狂吼一声，喷血，倒纵而出，排开众人，亡命地逃，街上人们唬得尖叫不已，只见地上一列血迹，才知黑煞神已受刀伤。

齐昨飞扶刀挺立。长安民众，爆出叫好之声，不绝于耳。

就在这时，使方天戟的与使拐子棍的，双双飞袭。

但同时间，那"冬瓜锤鬼"和"竹竿打影"都动了。

黎九一扬手，手中多了一支白蜡杆，潘桂一动手，多了一柄金瓜锤,在电光石火的一刹那,方天戟、拐子棍未击中之前,他们的武器已抵住了对方。

那两名穿着花花绿绿的"幽州双鬼"顿住,大汗涔涔而下。那黎九冷笑道:

"公子有令……放你们一条生路。"

两人缓缓把手中兵器抽出,转身行去。街心的人们看得一清二楚,正欲欢呼拍手,忽变作骇呼,原来那"幽州双鬼"凶性大发,方天戟与拐子棍,又向"竹竿打影""冬瓜锤鬼"二人背心刺出。

这连萧秋水也为他们捏了一把汗,大喝道:

"小心!"

但在尖呼声中,那一高一矮两人,宛若背后长了眼睛似的,尚未回身,便出手,金瓜锤顶在使拐子棍的腹腔,白蜡杆点戳在使方天戟的喉头上,"幽州双鬼"喉核滚动,良久不能动弹,更不能进一步攻击,静了好一会,楼下才又欢声雷动,喝彩连天。

潘桂又缓缓取了武器,道:"这是你们最后一次活命的机会了。"

"幽州双鬼"才知对方不杀自己,两人怔了一会,竟然"扑通"一声跪下去,"咚咚咚"叩了几个响头,大声道:

"皇甫公子圣明,幽州双鬼得饶以不杀,日后必当报答,肝脑涂地,在所不辞。"

在长安百姓为皇甫高桥喝彩之声中,使方天戟的与使拐子棍的,惶惶然如丧家之犬,抱头鼠窜。

"好!好!皇甫公子座下高手果然了得!"

"这次幸得三位前来,否则小店不堪设想……"

"三位能不毁一椅一桌赶走三个凶徒，确是神乎其技……"

只见齐昨飞等团团揖拜道：

"我们只是做该做之事而已……"

"这一切都是皇甫公子对我们耳提面命的……"

"就连武功，也是得皇甫公子亲传……"

萧秋水心头一震，他记起这"皇甫公子"是谁了。

李沉舟说过的话：

"现下武林中最出风头的两个年轻人，一个是你，一个就是皇甫高桥；我不杀你们，除非他先杀了你，或者你杀了他之后……"

这"皇甫公子"，就是皇甫高桥！

萧秋水目睹这场闹市中的格斗，一方面感到敬佩，一方面却感到一种在他光耀、振奋的一生里，突如其来的一种阴影和滋味：

那是一种近乎自卑的心情。

——皇甫公子那么有名，自己怎能跟他相比？

——他武功好、人缘好。单只是手下出来，就如此轰动……

——李帮主实在错爱自己了……

一下子，萧秋水觉得普天之下，李沉舟反而亲近起来，好像知音一般……

——唐方，还有唐方，如果唐方在，就好了。

萧秋水又记起在嵩山之役杀仔的催促：催动自己赶快到湖北去，"神州结义"的各路英雄豪杰，正在选拔新盟主，而他和皇甫高桥的呼声最高……

——可是自己又哪里及得上皇甫公子？

于是他决定先不去管选拔盟主的事，先找到他失踪的兄弟们再说。

有了这种决意，他又踏实了起来。

——世间的名和利，都来自于比较，争强好胜，都来自于不服气，但这一切，都不如他找到了他的兄弟，再过他那跃马乌江、神州结义的日子。

萧秋水定过神来时，齐昨飞等三人已在百姓簇拥欢呼声中，离开了现场。

萧秋水追上去：此刻他的心意无他，既无自惭或拼比之心，只想和这几个可敬的人交一交朋友，或者请他们代向皇甫公子问一声好，他萧秋水很服膺，绝不与皇甫公子竞争什么盟主之位。

开始是人潮汹涌，民众看完热闹之后，相偕散去，萧秋水不敢乱挤，所以赶不过去。

等到一出大街，人潮稀落，三人却显得有些张皇，急速疾驰，萧秋水大感纳闷，于是一直尾随，没有发声招呼。

愈到后来，三人行迹闪缩，张望不已，萧秋水好奇心大作，所以也匿伏跟踪起来。他小时本就极调皮，谈起尾随跟踪，方法奇巧，谁都比不上他。

又到一条巷子，那三人跟另三人碰在一起，稍为聚面，即又往前疾走，这下方令萧秋水好奇心大起，不得不一直跟踪下去了！

因为后来那三人，竟然就是被齐昨飞、黎九、潘桂三人打垮的黑煞神和使方天戟及用拐子棍的三名大汉！

为什么在长安城里，约定拼斗的三个敌人，却如故友般出现在这里？

为什么在谪仙楼上，打得不可开交的六名高手，却如负重任地巧聚于此？

他们还要去哪里？

——这些都是萧秋水满腹不可解的疑问。

这一行六人，到了长安大小两雁塔。

名诗人岑参曾有诗云：

塔势如涌出，孤高耸天宫。
登临出世界，磴道盘虚空。
突兀压神州，峥嵘如鬼工。
四角碍白日，七层摩苍穹。
下窥指高鸟，俯听闻惊风。

雁塔亦就是当年白乐天一举及第的题名处："慈恩塔下题名处，十七人中最少年。"

大雁塔几乎可以说是长安的标志——这六个人鬼鬼祟祟来到大雁塔，要做什么？

当六人闪入了门楣时，萧秋水也掠上了塔层，倒挂金帘，如一尾无声之游鱼钻入了水草之中一般：萧秋水潜身于殿内梁上。

六人进到塔内，向中间原在塔里的一个胡须灰白的老头子行礼后，团团围坐。

七人容色，似对彼此都十分熟稔。

好一会，那老头儿长嘘一声道：

"辛苦你们了。"

其他六人，都客气地欠身，其中"冬瓜"潘桂道：

"应该的，为公子爷做这件事情，我们可心里服气。"

大家又客气了一番。白胡老头和齐昨飞显然辈分较高，两人俨然是要角。齐昨飞笑道：

"……只不过下手重了些，要七阿哥吃亏了。"

黑煞神笑道："也没什么。那些是猪血，一路洒过去，倒吓着了行人。齐老大也是为了公子爷，我蒲江沙还有什么话说。"

萧秋水心头一震：原来谪仙楼上的比斗，都是假的，只是唱一出戏而已。但他们的用意是为了什么呢？——为了皇甫高桥？

随着心里又是一动，蒲江沙却是大大有名之辈，外号可不叫作"黑煞神"，而是绿林上有名的"七阿哥"，他来客串这套戏，又是为了什么呢？

那使方天戟的也接着赔笑道："……七阿哥都不埋怨，我们刁家兄弟，吃的更是公子爷的饭，哪里有话好说的。"

萧秋水也是心头一悟，刁家兄弟——武林中确有一对刁家兄弟：刁怡保与刁金保，十分有名——原来便是这一对所谓"幽州双鬼"的人物！

那老头儿呵呵笑道："大家都是为了少君做事，甭客气——我们先后已用各种不同的方式，唱了许多出戏，只是少君不知道罢了。"

萧秋水心中也闪过一个人物：江湖上有一名高手，也是有名的智囊，在皇甫世家做事，后来四大世家，即南宫、慕容、墨、唐，问鼎江湖，皇甫家人才凋落，这人也未现江湖。

——这就是外号人称"九尾狐"叠不叠，叠老头儿。

刁怡保有些担心地道："公子爷知道我们这么做，不知会不会怪罪我们呢？"

齐昨飞笑道："哪会！他不知道不就得了？我们这般都是为他好，他不像那萧秋水，凡事出来自己闯，公子爷智能天纵，但极少出外，多在大本营里运筹帷幄，所以名声可能反而不及现在到处打击权力帮的萧秋水——我们这样做，正是为他宣传呀。"

刁金保接道："可是公子爷若知道我们这样做，恐怕他会不高兴的呀。"

叠不叠叠老头儿道："少主知道，想必会不悦。我们的做法，是为了少主能在湖北'神州结义'选拔中获盟主之位，光宗耀祖，重振门楣，击败萧秋水，建立势力，对抗权力帮与朱大天王，如此苦心，一旦他知道了，应不会怪责我们的。"

七阿哥蒲江沙道："希望如此就好了，免得我们做恶人做了那么多次之后，到头来得不到公子爷的原谅。"

"竹竿打影"黎九笑道："我服侍少主已一段日子，知道少主脾性，他视兄弟们如至亲，无论如何，他都不会因此而与大伙儿不睦的。"

"冬瓜锤鬼"潘桂也接道："我们反正也没伤人嘛！客串一下，替少主打响名头，又有什么不好了。"

刁怡保脸有难色："话虽那么讲，但公子爷的脾气……"

刁金保比较想得开，敲击拐子棍道："哎，别管了，反正都做了嘛……让什么萧秋水的当盟主，我刁老二不服气，捧公子爷上来，总是应该；咱们公子爷可不是像人家靠运气乱闯出名堂的，咱……"

齐昨飞笑着补充道："咱公子爷是行大事不留名，十年如一日的哩……所以咱们就替他留留名！"

众人听得哄然大笑，并且继续谈下去。萧秋水在屋梁上听了个清楚，终于明白他们聚在此地所为何事，心里十分伤感。

——这也许是因为看见，别人家有一群朋友，正在为他们所敬服的人做事吧。

萧秋水也曾经有过兄弟、朋友。而今他们都不在了，死了，或者失了踪、背叛，或者在远方。

萧秋水看到他们，也了解他们的苦心——虽他们的手法未免接近欺骗，但用心却是十分良苦。

——萧秋水欣赏他们，他欣赏有忠义有血性的汉子。他不愿去揭穿他们。

他只想悄悄离开。

他正要离开，突听一声冷喝：

"是谁？"

这人又急、又快，声自梁下响起时，人已到了梁上，一股狂飙之气，已飞袭萧秋水背项。

萧秋水不用回头，已知来人是叠老头儿。

叠老头儿这一出手，便可知他武功比那六人中任谁都还要高。

萧秋水切掌一引，借力一纵，撞破窗棂，蹿落飞檐，飞逸而去。

齐昨飞第一个掠出屋外,见萧秋水之背影,猛出一剑,但被对方一拂撞开。这时黎九、潘桂也掠了出来,潘桂跌足道:

"糟糕,给他听去了!"

黎九道:"这家伙似在茶楼上那人……"

齐昨飞顿足道:"此人容貌,与传说中萧秋水酷似;如是他,给他听到了,传出去可糟透了!我轻功好,我去追他,你们守在这里!"

齐昨飞一说完,便如弹丸般射出。这里蒲江沙也自塔中跃出,叠老头儿也带刁怡保及刁金保自屋瓦上掠落。

潘桂道:"齐老大去追了,他要我们留守。"

黎九道:"那人轻功好,只怕唯有齐老大和叠老师才追得上。"

叠老头儿沉吟了半晌,望向远方,终于道:"我们进去塔里再说。"

萧秋水此刻的内力充沛,从中提升了轻功,发力急驰,早把齐昨飞抛出老远。

他本来想早点离开长安,到灞桥看个究竟——可是走到半途,伸手向怀里一摸:——"天下英雄令"还在,古剑长歌也在,朱大天王的秘谱还在,独独是那本梵文真经遗失了。

——遗失在哪里呢?想必是在屋梁上。

——会不会给叠老头儿他们取走了呢?应该不会的。

那本真经,对凡人来说,根本是无用之物,但对少林而言,却是珍宝。

萧秋水决定返去取回。

——他料定叠老头儿等意想不到他还敢回转。

——说不定回去时他们也离去了呢。

——就算遇上了，却也不妨一战，因为以他现在的武功，足应付得来，只要不杀人，不伤人，也不致酿成什么祸患。

所以萧秋水就回去了。

第拾回 塔里的血案和灞桥上的械斗

——每个人都有他自己的生活、自己的家、自己的亲属朋友、自己的梦想……然而再几十年，再在桥下坐着的又是什么人？谁家年少坐此寻思？

萧秋水做梦也想不到他回去会看到这样的景象。

他行近大雁塔里，已格外小心，特别绕过正路，往矮灌木丛中走去，再想掠上石塔，蹿入大殿，取回真经。

他一面留视塔里动静，一面匍匐而行。

他突然踩到一样东西。

他踢在上面，几乎摔了一跤。

可是此刻他武功何等厉害，稍为一跌步，即刻稳住。

他凝睛一望，即骇了一跳。

地上的"东西"是人。

是死人。

人，死得很惨。

由眉梢至下颌，几乎被人一剑劈为两爿。

死的人居然是"冬瓜锤鬼"潘桂。

——绝对错不了，因为尸旁还有他的奇门兵器"金瓜锤"。

萧秋水此惊，非同小可。

这时塔内有人踉踉跄跄，跌步出来。

萧秋水顾不及其他，抢步出去，一把扶住，却正是"竹竿打影"黎九。

"竹竿打影"黎九瞠住他，口咯鲜血，肋骨给全部打得折碎，无一根是完整的。

萧秋水推力于掌，输予真气，黎九怪眼一翻，居然问了一句：

"你……你是……谁？……"

萧秋水疾声道："我是浣花剑派萧秋水。快告诉我，里面发生什么事情？"

黎九双目一瞪，喉头一阵抽搐，呕血道："你………你……萧秋……水……杀人……凶手……"

萧秋水正莫名其妙，黎九却已倒毙。

萧秋水只好再走入塔里，未入门槛，即闻一片血腥，地上倒在血泊中，正是刁家兄弟。

萧秋水正在惊疑不定，才这么一下子，是谁下的毒手，心念一转。掠上石梁，见真经还在，稍为放心，收入怀中，又掠落了下来，见尸首群中，有一稍稍会动，即赶过去。

那人正是叠老头儿，背心正中一掌，伤得甚重。

萧秋水急摇撼问道："是谁干的？"

那叠老头儿勉力睁开无力的眼眸，艰辛地道："是……萧……萧秋水……"说完又口吐鲜血，倒地不起。

这一句话对萧秋水来说，可谓惊撼莫大，他一时不知如何是好，但总不能见死不救，便决意救活叠老头儿，再问个水落石出，于是推动掌力，灌输真气，以保住叠老儿的命脉。

这时大殿中另一角落，血泊中又有人呻吟，萧秋水因要全力救护叠老头儿，也没法兼顾。

就在这当口子时间里，忽然有人一面骇呼着一面掠进塔内来，腋下还挟了一人，正是黎九的死尸，一返塔里，完全呆住，目眦尽裂。

萧秋水见来人是齐昨飞，知他是为了追逐自己，方才幸免遭杀手，心中暗自替他庆幸。

齐昨飞却目眦欲裂，见自己所追逐的人却在塔内，当下呼嚷道：

"究竟发生什么事情！"

连呼三声，十分凄厉，塔内层层回响。萧秋水一时也不知如何作答是好。

齐昨飞遥指萧秋水颤声道：

"你……你是谁？……这里是谁……谁干的……？"

萧秋水感觉到叠老头儿心脉已渐渐回复，稍微把真力一敛，道：

"在下萧秋水……"

齐昨飞厉声道："你是萧秋水？"突听殿角的一人"哎"了一声，齐昨飞掠了过去，扶起那人，原来是七阿哥蒲江沙，膀膛至背门，被一剑贯穿，因天生魁梧，始能支持到现在不死。

齐昨飞垂泪问："是谁……下的毒手？……"

蒲江沙嘶声道："是……萧秋……水……"

齐昨飞"嘎"了一声，蒲江沙却头一歪，饮恨逝去。

萧秋水这时透纳真气，已在叠老头儿能支持生命的状态之下，撤力收回，这时齐昨飞轮舞九环刀，虎虎作响，嘶声厉问：

"萧秋水！……你卑鄙下流！为什么要这样做？！"

——可是萧秋水并没有"这样做"。

萧秋水想要解释，对方的刀风已掩盖过他的声音，甚至掩盖过一切、遮盖过一切，一刀当头劈下。

若萧秋水换作未获"八大高手"悉心相传之前，就算功力深厚，反应过人，亦未必能在不能还手、不想伤人的情形下避得过这一刀。

这一刀劈下，萧秋水脸一仰，双手闪电般一拍，挟住九环刀，右脚已蹬往对方左前屈膝之脚背。

轮舞生风的三十七斤九环刀，硬生生陡被定住——这是齐昨飞意想不到，而且左子午步给蹬住了。一时进退不得，在这瞬间，萧秋水至少可以攻杀自己十次以上。

可是萧秋水没有攻击。

他只是飘然飞到塔梁上。

齐昨飞厉声问：

"为何留下我？！"

萧秋水在第二个纵身之前，留下了一句极端无奈但又令齐昨飞无法领悟的话：

"因为我根本不想杀你。"

离开了大雁塔，虽已寻回了少林真经，但萧秋水心头更是沉重。

——为什么濒死的人，都一口咬定我是凶手？

——是不是有人冒充我，狙杀皇甫高桥的部属？

——这样做，是什么居心？有什么用意？

——究竟是谁冒充我？

萧秋水不管一切，决定先到灞桥再说。

灞水汹汹，萧秋水心却沉沉。

他坐在销魂桥下，人却销魂。

街上人来人往——每个人都有他自己的生活、自己的家、自己的亲属朋友、自己的梦想……

然而再几十年，再在桥下坐着的又是什么人？千百年后，是谁家年少坐此寻思？这些路过的行人，是不是换了又换，故事也是翻新又翻新吗？

萧秋水望着悠悠流水，如此揣想着。

就在这时，几个人行色匆匆，走过桥上。

第一个人走过，萧秋水心神还没有回复过来，如同生命的天空正一片空白，片思微情只是一只小鸟之影偶尔掠过而已。

紧接着第二个人走过，再度提醒了萧秋水的省觉——这人好熟。

这人也即在接踵的人海里消失。但第三人的背影紧随又出现。

——对了！

是他们。

这三个人当然是萧秋水认识的人。

但既不是兄弟，更不是朋友，也不是敌人。

这三人竟可以说是处心积虑要整治甚至杀死萧秋水的人，但也可以算是萧秋水的恩人。

这三个人便是朱大天王麾下"长江四条棍"中留存的三人：李光仁、高武棋、何庆元。

这三个曾在漓江巧救跌落崖下的萧秋水——但却要折磨他，并擒他交予朱大天王，其中监视萧秋水的梁慧燊却为打洞神魔左常生的弟子所杀，其他三人终被"剑王"屈寒山所擒，之后竟对权力帮臣服，在浣花剑派萧易人与蛇王在点苍山一役中，致使萧易人因这三人在现场而误信祖金殿为"烈火神君"，结果惨遭败亡之局；这三人虽说武功并不高，但所占的功劳，还令李沉舟也为之垂注。

但却令朱大天王震怒不绝。

朱大天王原遣部下之"双神君、三英四棍、五剑六掌"中的"六掌"（即六杀）出来，要在剑庐中冲着少林方丈天正大师之面来收拾萧秋水，乃为报复梁慧燊被杀之辱，亦显然是起自朱大天王对"长江四条棍"的重视，如今"四棍"中其他三人公然背叛，且为权力帮立了他们原在天王部属时前所未有的大功，使得朱大天王无法下台，气得七孔生烟。

萧秋水见这长江三棍走过，微微一怔。
然而三人并未发觉在江畔沉思的少年就是萧秋水。
三人匆匆而行，十分闪缩，似正在走避什么强仇一般。
就在这时，这李白诗中的"春风知别苦，不遣柳条青"的销魂桥，蓦然变成了杀气腾腾的断魂桥。

忽然所有的行人，男的、女的、老的、幼的、健全的、残缺的、商人、农夫、妇女、工人，全部变成了刺客。
他们手里拿着刀刃或兵器，例如一个妇女，一扬手，花篮打出，花篮边缘都是蓝汪汪的刀片！
一个老农夫，挥舞着锄头；一个书生，折扇上"叮"地弹出锐刃；一个老鸨母，踢出的布鞋上，吐出三叉尖刺的机簧。
一刹那间兵器暗器全向高武棋、李光仁、何庆元三人攻到。
也就在同这一刹那间，萧秋水不但惊觉出此情形，还发现了另一种情形。
不知何时，桥上那端，已出现了一个端坐着的人。
身着蓑衣，但裹身一片紫殷殷的劲衣，还可以透视得出来——草笠低垂，似在专心钓鱼，钓竿却是无钓丝的！

何庆元、高武棋、李光仁三人武功虽不俗，但无法抵挡这些来如潮水般无匹、愤怒的人群或刺客。

李光仁已倒了下去，他是中了三次重创才倒下的，才一倒下，立被分尸，身上至少被切成三百多块，连耳朵都切碎成四片，简直令人不忍卒睹。

何庆元已负伤。高武棋有惧色。刺客中也倒了两名。

局势非常紧张。其中一个烧窑打扮的工人挥舞铜牌高呼：

"叛徒！今日教你们知道背叛天王的下场！"

何庆元与高武棋自知难以活命，但又十分恐惧落在这班朱大天王的人手里，所以死战。

在背水一战的情况下，何、高二人，又杀了一名对手，但对方人多，何庆元不小心给一人拦腰抱住，他脸色惨白，全身瘫软，惨呼道：

"我……我知错了！我……愿到天王面前认错……"

那烧窑工人模样的人冷笑道："还有你说话的机会么？"他将手一挥。

立即有一人，取出牛耳尖刀，割掉了何庆元的舌头，何庆元疼得惨嚎不已，又有一人，一脚踩住他咽喉，居然像杀鸡一般，掏出一张片肉刀，细细地割。

鲜血一直涌喷，何庆元要挣扎，另四人扳掣住他的手，又有四人，拿木钉凿穿他的手背与脚胫骨，钉在地上。

何庆元惨呼，真是令人心惊魄动。

高武棋瞥见，更不敢投降，虽惧得魂飞魄散，但无论怎样，都不肯就擒，反而振起威风，一棍砸碎了一人脑袋，却给那领袖模样的人，从背后撞中了一牌，口吐鲜血。

何庆元犹未死绝，喉管"格格"有声。

萧秋水既触目惊心，也觉狙击者手段太过残忍，忍无可忍，忽听那渔夫悠然道：

"上钩。"

只见他竹竿一挥，一尾鱼则自水中跃出，自动落入他的鱼篓里。

萧秋水心中暗惊：这人没有渔丝，居然以一引之力，挑起水中游鱼，落入篓中，这种功力、手法、准确，皆非叠老头儿等人所能及。

这时何庆元已断气，高武棋又着了一刀，情形十分危急，萧秋水顾不了这许多，一反手，双手一抱，用力一拨，竟拨起了一株杨柳树，他大喝道：

"呔！就算是处置叛徒，下手也太辣了！"

他这一喝，果然都停下手来。萧秋水连根拔起杨柳树，本要吓退这干如狼似虎的恶徒，现在他们人人都住了手，可是无一唬退，反而向萧秋水迫近来。

那烧窑模样的人尖声问："你是谁？干什么的？管什么闲事！"

萧秋水见对方来势汹汹，只得横树当胸，道："我是萧秋水……"

那人大笑道："哦，这样正好，我是天王的义子，叫做杭八，外号'铁龟'，你听说过未？"

萧秋水一愣，这名字倒是听说过。

杭八之所以有名，是他做过的事不敢承认出了名，而且他手上的铜牌，进可攻人，退时只要往牌里一缩，根本让敌人攻不着他，非常古怪。

　　至于这人如何当上了朱大天王的义子，萧秋水可从来没有风闻过。萧秋水倒不怕杭八，杭八武功再高，也不会高过左丘超然，只是敌人个个都杀红了眼睛，要制住他们，是件麻烦的事。如果以杀止杀，杀害那么多无冤无仇的人干吗？

　　就在萧秋水沉吟当中，至少已有四个人飞跃过来，挥舞兵器，要乱刀砍死他。

　　萧秋水在桥之这一端。

　　杭八的人在桥的那一端。

　　桥中有那渔夫。

　　那四人要飞越那渔夫，才能过得来攻杀萧秋水。

　　就在那四人跃起的同时，他们四人的额头，突然都多了一个洞。

　　血洞。

　　然后他们跃落的所在，便成了桥下滔滔流水。

　　那渔夫缓缓站起来，拍了拍身上的尘埃。

　　然后他用一种出奇好听的声音道：

　　"又四条鱼。"

　　杭八等哗然。不断有人冲过桥来。

　　那渔夫迎了上去。

　　开始时萧秋水还担心：那渔夫势孤力薄。

所以他想冲过去——但他一直只看到渔夫的背影,那渔夫似一直杀了过桥那端去,并没有人可以绕到渔夫的背后来。

然后他看到那渔夫一直杀到了桥的彼端——而桥上都是尸体。

——至少二三十具尸首。

跟着下去是桥那端更多的尸体。

那些凶徒都拼红了眼——结果只染红了他自己身上的衣衫。

那渔夫的鱼竿,不断发出"啸啸"的急风。

然后对方的人不住地倒下去。

"你是谁?!"

"——难道是那妖妇?"

这语音凄惧无限。

"不成真的是她啊!"

"我们拼了!"

"不可以,太厉害了!"

"快逃!"

杀到最后,地上又多了一二十具尸首,其余的人一哄而散,那"啸啸"的急风终于停了。

那渔夫顿住,回身,他竹笠低垂,萧秋水看不清他的脸容——只见他转一个花巧,再把竹竿轻巧地插在他腰带上。

这时桥上寂寂,桥下流水依旧。

桥中横七竖八,倒的都是尸体,而且都是一招毙命的。

萧秋水抱拳答问:"敢问——"

这时高武棋惊魂未定,扶桥栏颤巍巍立起,惊恐无限地问:"你是——"

就在这时，忽然桥下冲起一道水柱。

水柱升起时，阳光照射下，五彩斑斓。

水柱里有一个人，也在同时间出了手。

"啪"地渔夫的竹笼被打飞。

但渔夫的竹竿也刺了出去。

水柱一闪而落，落回水中，水柱已一片殷红。

一人快若游鱼，已向下游迅速游走。

萧秋水认得那人，脱口叫道："雍希羽！"

"柔水神君"雍希羽！

朱大天王座下两大神君之一雍希羽，竟然在这人手上竹竿下一招败走。

那人被打飞掉竹笠，露出瀑布似的乌发。

那人干脆一甩，把身上的蓑衣都扔掉，迎着阳光下，抬头，那人身上一片紫如飞霞，眼若秋水，朱红的唇，健康的肤色……

——原来是个女子！

只听高武棋惊呼道：

"是紫凤凰！"

萧秋水只见过红凤凰、白凤凰，没见过紫凤凰。

权力帮柳随风柳五大总管麾下，有"一杀、双翅、三凤凰"。

萧秋水已在丹霞绝岭见过"红凤凰"宋明珠，旋又在剑庐，见过"一杀"卜绝，"双翅"左天德与应欺天，也遇到了"白凤凰"莫艳霞。

是役，卜绝终殁于天正大师之"拈花指"下。左天德与应欺天则死于太禅真人手下。莫艳霞亦为救柳五而死。

柳随风的六名得力手下，现只剩下了"红凤凰"宋明珠跟这位"紫凤凰"高似兰。

——宋明珠是辣手而热情的凤凰；莫艳霞是冷傲而真情的凤凰；高似兰呢？

高似兰仰起头，阳光照在她脸上，她说：

"我不是为救他的，而是想趁此伏杀朱大天王的人的。"

萧秋水微喟道："朱大天王惩罚叛徒，手段也未免太刻毒一点了。"

高似兰昂然道："权力帮惩罚叛逆，也不会好多少。"

萧秋水一笑道："其实别人服你或叛你，全因为你自己的态度而定，不必如此以牙还牙，以血还血。"

高似兰冷笑道："你自己呢？当你兄弟背叛你时，你做得到吗？"

"……"萧秋水默然。

高似兰说："我其实已在很多地方听说过你。你的弟兄背叛你，因为你也不能维持他们任何的生活条件——无论名，或利、金钱或地位，你都要靠闯，他们就更惨了——有多少人能靠理想活一辈子？哪能够永远凭理想活下去？！等到事情真的来了，生存、家人、爱情、事业等诱惑，他们要走，你且由得他们，——难道你能做什么？你既不像权力帮这么有组织，也不像朱大天王那么有势力！"

萧秋水涩声道："……我一向都且由得他们去……只要他们不

反过来出卖我们的人。"

高似兰仰着脸，甩着乌发，一笑，很妩媚。

"我喜欢杀人，就杀人。看不顺眼的，就杀。不像你，很多感情，造成了很多无奈。一个人要闯荡江湖，就得要洒脱点。拿得起，放得下，才是大丈夫本色！"

萧秋水沉吟半晌，道："高姑娘，就算你说得有理……我还是想先知道我兄弟朋友们的下落。"

高似兰露齿一笑，开朗地道："你知道了他们的所在，就得去找他们……那儿是龙潭虎穴，你去了，只有送死，那你满怀大志的一生，可能就屈得伸不了。"

萧秋水沉声道："如果一个人连'明知不可为而为'的勇气都没有，那么虽生犹死。爱身以欺心，廉者不为，天下之士者，为人排患、释难、解纷乱，而无所取，则虽死犹生。"

高似兰怔了一怔，清脆地如银铃般笑了一阵，眼波乜向萧秋水道：

"好，你去死吧，你的弟兄为朱大天王所部属的费家人所掳——"

萧秋水脸色大变，惊惶道："费家？！"

高似兰冷笑肯定地道："对，费家。"

萧秋水大叫道："不可能！不可能的！我母亲就是费家的人……"

高似兰每一句话冷如剑锋："没什么不可能的。你的识见也未免太落后了。费宫娥是要阻止朱大天王对付浣花萧家，但孙天庭杀了她。没有孙天庭，又如何得知浣花剑派的地道？……没有费家亲属出手狙击，萧西楼、萧夫人说什么也不至于全军覆没了。"

萧秋水骇然不信："但我外祖父，他，他，他怎会做出……"

高似兰道："我是柳五公子部属中负责传递讯息的，我的传闻都有根据，一定正确，你毋怀疑。……费家势力，早已没落，没有朱大天王撑腰，势必坍台，或给权力帮灭了。他们要求朱大天王支持，朱大天王要得到'天下英雄令'……费宫娥不从，孙天庭只好把她杀了，孙天庭后来也后悔了，费家老大把他也杀了……"

萧秋水悲愤若狂："我外祖父、祖母……他们……都已……"

高似兰颔首道："父子相残，夫妻相弑……这在武林中，没什么稀奇的，为求权力，不择手段，你感到不习惯，便无资格当一武林人……你试想想，没有费家老大费渔樵亲自出手，就算朱大天王加上权力帮联手，你们那干讲义气的朋友，能一声不吭跟着就走，而不战死或一拼吗？不可能。"

萧秋水恨声嘶道："他们……他们抓走梁大哥他们……是什么居心……？"

高似兰淡定地道："他们既杀你父母，得不到'天下英雄令'，即怀疑它仍留在剑庐。但我方权力帮已包围浣花溪一带，有柳五公子坐镇，他们也不敢轻入，便鼓动白道中人与权力帮先拼个玉石俱焚，他们再捡便宜——可惜互拼结果，是一把火，烧了浣花总舵，于是他们就认定'天下英雄令'，定必在你们身上，因你们从剑庐听雨楼等地活着走出来的……"

萧秋水想想，也极是有理。要不是那晚自己和唐方走去洗象池一带，恐怕也必然无幸。费家身列三大奇门之一，即"慕容、上官、费"，却做出这等卑鄙下流的事情来。

高似兰一甩长发，继续道："梁斗等就是不知，所以才误中迷香，束手就擒。但他们一身硬骨头，就是不说出'天下英雄令'的下落。因为只有你和唐方逃得出来，费渔樵怀疑是在你身上，所以四处捕你，又对他们严刑迫供……"

萧秋水嘶声道："你……你又怎知道这些……？"

高似兰"格格"笑道："我当然知道。因为你朋友中，恰好有我们布下的一个伏子。费家的人捉了他们，而他就用极特殊的方式把事情都通知了我们，而他如今还落在费家人的手里。这答案——你满意未？"

萧秋水握拳道："而今费家的人把他们藏到哪里？"

高似兰眯起了媚丽的大眼睛，问：

"你真的要去？"

萧秋水斩钉截铁地答：

"去！"

高似兰蓦然转身，一竹竿飞去，刺穿了在旁听得愣住了的高武棋之喉咙。

萧秋水怒道："你——"

高似兰平淡地道："他知道得太多，留他不得——要想活下去，在武林中求存，就得心狠手辣，这点你们仁人侠士，可真的说不清楚。"说到此处，昂首高翘，真如一只仰首倨傲的紫凤凰，颜面在阳光下闪闪发出光耀。"他们就被囚在终南山东峰，华山'老君庙'内。"高似兰稍微颔首又说，"费渔樵一家高手，都布伏在华山各路上。"

第壹壹回 终南山上

山是名山，水是名水，山水能留名千古，但他那些战役呢……随着山的风化、水的流逝，如人的消殒般逝去……

"费家"——这名词在江湖上，不仅代表一个家族，而且还代表一种特殊的势力。

姓费的人家，每个大城里都常见，但一直到隋唐时"饮马黄河双枪大将军"费伟龙正出来时，费家才慢慢在江湖人心中，建立了独特的形象。

直到宋初费天清，武功高强，又在西土一带练得各种异术，尽悉传予其子费关安、费伯和、费满堂三人，自此之后，"费家"逐渐成为一个武林人心目中相当不可思议的家族。

到了费渔樵的曾祖父费水田，不但精通天文、数理、医术、相学、卜筮，还在东瀛一带练得忍术、剑道，但他回到中土时，已然垂老，将绝技悉传费钟顺后，即撒手尘寰。

费钟顺即费渔樵之祖父，并有四个儿子，即费章汉、费富宁、费苟、费怡汶。四兄弟继其父，正式创立"费氏世家"，在武林中煊赫一时。尤其是老四费怡汶，武功最高，在一次武林盟主竞技赛中，连败十七名一等高手，几乎跃登宝座，后被慕容世家中的慕容世情打败，活活气死了费钟顺。

慕容世家除武功高绝，有名的"以彼之道，还彼之身"外，对易容等杂学，也十分渊博；费怡汶被慕容世情所击败，心怀不甘，因而掀起一场腥风血雨的两家斗争。

慕容世情是时虽然年轻，但惊才绝艳，这一场两族之争，持续了整整二十年，结果费、慕容两家俱元气大伤，费苟、费章汉早年战死。

只是费家嫡系仅存的费富宁与费怡汶，又起阋墙：费怡汶锋芒过人，他虽有才有学，但品性鄙劣，容易听信谄媚逸言，费富宁本来与他河水不犯井水，处处让他，但费富宁却曾因仗义出头，因而结仇。仇家密谋设计，诬陷他锒铛入狱，身陷囹圄，而费怡汶不分青红皂白，不辨是非，反而为诬陷的人出头说话，雪上加霜，不但加重了罪名，加深了冤屈，让费富宁一度走投无路，百辞莫辩。他终于省悟：费怡汶如此决绝，只为本是同根生，容不下自己家乡里多一口灶炉，所以伤尽了心，费富宁忍无可忍，终于成仇，于是费家分裂，费氏力量大为削弱。

故此届年选拔的武林四大世家中，只选了"慕容、墨、南宫、唐"，费家只名列三奇门中的"慕容、上官、费"之末。

费富宁与费怡汶苦斗的结果，要到下一代解决。费富宁有一子一女，男的叫做费骨送，女的叫费美珍；费怡汶却有两子，一个叫费耕读，一个就是费渔樵。

费家的人依然拼斗不休。费耕读与费骨送，就是这样互拼身亡。费富宁巧施暗狙，斩掉了费怡汶一只脚，却误信了费渔樵的投诚，终于被这年方二十岁的冷毒侄儿所毒杀。

更荒谬的是费富宁之女费美珍，竟下嫁杀父仇人费渔樵，于是两家合并，又成一家，不从者皆被费渔樵的人诛杀。

费渔樵在二十五岁统一了费家。于是费家声望又告大增。费渔樵在三十岁时，名气如日中天，使得费家重振声威，并角逐"武林四大世家"，而且野心极大，遂垂涎染指座首之位。

这次他横扫武林，先后击败上官、南宫世家，再险胜墨家代表，却命运不济，遇到了唐老奶奶之得意传人唐尧舜，终于一败涂地。

这下对费渔樵打击甚大，三十五岁后，全心掌理门户，一旦牵涉江湖事，多下手狠辣，动辄杀人，而且钻研异术，费家的人变成了武林中的一个"神秘帮派"，据说有十二件巨案、惨事，可能都是费家一手策划的。

这个费渔樵有二子二女，长子费逸皇，次子费士理，都是江湖上令人闻名色变的人物；女儿的名望也不低，长女费井树，下嫁长安封家，次女费美容则早夭。长子费逸皇丧妻，次子费士理已娶妻，并且是皇甫家的后嫡："摘叶飞花"皇甫璇。费宫娥则是费渔樵之远亲。

费家的旁支、分系不算，门徒弟子也除外，单只嫡系的高手，就有费渔樵本人、费逸皇、费士理、费井树、皇甫璇、封十五等。而费逸皇有两子：费洪与费晓，虽然年轻，在武林中也大是有名。费井树亦有二女一子，江湖人称"封家费氏，双剑一刀"，亦是相当难惹之辈。还有一个费家中极有实力的年轻高手：费师蔭。

也就是等于说，萧秋水欲要救大侠梁斗等，则等于与费家为敌。

要与费家为敌，至少也得与以上那么多不易惹的高手为敌。

——这种梁子，就算权力帮，也未必愿意挑。

也许就是因为不愿挑，而费家又加入了朱大天王的背景，柳随风等人正要借费家来除去萧秋水，或借萧秋水来除去费家。

无论是哪一方面获胜，对权力帮都大大有利。

萧秋水苦笑。

他感觉到连阳光照下来的光线，也是苦的。

紫凤凰临走时，头还翘得高高，她人也高，就像一只很倨傲的凤凰。

"你要与费家为敌，我也不阻你，我在这儿等你，是柳五公子要我完成的责任。"

"你的死活，本就不关我事。"

"反正费家现在正要到处引你出来。你只要去到终南山，就会遇到费家的人。"

"也许……我也会去终南山，或者上华山，亲眼目睹你怎么死法吧！"

萧秋水终于上了终南山。

终南山云烟围绕，宛似仙境。

萧秋水想起：他一生中很多重要的战役，多在山中或水边进行。

山是名山，水是名水，山水能留名千古，但他那些战役呢……随着山的风化、水的流逝，如人的消殒般逝去……

——他在水边望见唐方渐小的身影在崖边……

——他在山上目送唐刚带走了受伤不知生死的唐方……

他真想折回川中去找唐方。

可是他还是到了终南山。

而且往华山翻越。

到目前为止，他还未遇见所谓的"费家的人"。

萧秋水往长安南行约五十里，经"弥陀寺"后至"流水石"，再转至"兴宝泉""白衣堂""大悲堂""甘露堂""竹林寺""五佛殿"，但见山中森林蔚绿，清石灵泉，秀发莫已，类近江浙山水。

然后再经"朝天门"，景色至此，仰望可见三峰并峙，高耸云端，云烟围绕，有说不尽的舒怀与苍莫。

过"五马石"后，即登"一天门"。"一天门"虬松苍藤，石隙奇状，岸岩奇突，与"胜宝泉"的"漱石枕泉"各具奇胜。

然则萧秋水却无心赏胜，只从"圆光寺"的沙弥处得知，近日在终南岱顶，亦即北五台（就是"文殊台""清凉台""灵应台""舍身台"与"岱顶"共列五台，另岱顶之西有"兜率台""太乙台"等，不在此列），常有陌生人来往。此乃自岱顶"圆光寺"所传达的消息。

萧秋水于是决心上岱顶。

如果费家的人匿伏在华山，那终南山就是他的前哨，欲图攻到中心，先毁了前哨再说。

上岱顶的险道上，一直有两个人，跟在萧秋水不远处高谈阔论。

萧秋水初以为这两人是为跟踪他来的，所以十分留意，后来听他们的谈话，知并无恶意。

"你看，一路上来的寺庙，挂满了什么御赐的匾牌，每个皇帝都有，好像替他们供奉长生殿位似的，真是无聊。"较为高爽利落的男子说。

"简直讨厌死了。小时候母亲强迫我念《论语》，啊呀呀，一个字，七八个意思，五六种读音，什么今古字呀、考证呀、注释呀，真是我的妈。孔子的话，很有道理，这点我承认，就是文章太刁难人了。"另一个精明精悍的女子接道。

"胡说，"那高的男子道，"你真没念过书，孔子是'述而不作'，书不是写的，而是他说的，他弟子来誊抄，就是手抄本啦。"

"嘿，"那矮的女子说，"那么文字艰深，是不干孔老夫子的事了。我知道了，孔子可能写作慢，讲话快，他就请人来当他的文书，他来说，别人来写……"

"是了。孔子写作不擅长，这点倒是发人所未见呢……"

"说不定他在创作上还有挫折感呢……他弟子促他成书之后，还到七十二国去周游，定必是推广他的著作……"

"喔，当时他的名声一定是不够响，各路关系没有搞好……反观老子，就聪明得多了。"

"何解？"

"老子的《道德经》，人人朗朗上口，都不是'道德'两个字吗？"

"有道理……没料你我两位大学问家，在此明山秀水间，研究得出一段学者们皓首穷经未解的公案！"

——诸如此类的无聊对话，实令人喷饭，而两人犹津津乐道。

萧秋水心下里倒有点觉得，这两人的疯疯癫癫，有点像死党邱南顾和铁星月。

不过他为求小心起见，一路上还是用他母亲所教的易容法，化装易容，扮成一个镖客打扮的人。

费家跟萧家原有渊源，但费家既心狠手辣，杀死萧秋水之祖父、祖母在先，萧秋水也与之情断义绝，即准备与之展开一场舍死忘生之决斗。

登顶后但见大气沉沉，俯视群山，如浪波之折叠，真不知是俯视海洋，还是尽瞰群山。

萧秋水心头感慨，眼界空阔，但心中依然有萦回。那两个"怪人"即行去圆光寺，萧秋水尾随，进得了寺里，香客、杂人、游旅都非常之少，萧秋水忽闻一似甚熟悉的声音在问：

"请问大师，近日来可有见到一名姓萧的青年施主谪居贵寺？"

一个苍老的声音道："敝寺并无此人。"那僧人又道：

"真是奇怪，近日来常有人来此问起萧姓檀越，不知所为何事？"

萧秋水听得心里一动，反转头去，只见探问的人就是那两名男女。

只见那两名男女十分失望、怅惘的样子，一个大声道："萧秋水是位好汉，我们是闻其名，负长剑、背行装、带一腔热血，来找他的，大师若知道，请赐告。"

另一人也道："我们久闻萧大哥令名，所以来投，可惜一路找下来，萧大哥似已不出江湖，直到长安，才得一渔人指点，说是先行赶到终南，或可遇见，所以才前来……"

那老和尚歉意道："阿弥陀佛，世俗事之欲望，贫僧久已绝缘，不知世间出了这么个人物……可惜贫僧并未见过。"说着作礼离去。

这两人十分懊恼。萧秋水本已隐绝失意了一段时间，现听得二人间关万里，前来寻找自己，心下十分感动，一腔热血都奔腾起来，在沁凉的灰蒙山间空气里，直想长啸作龙吟。

这时忽听一人冷笑道："萧秋水有什么了不起？"

另一人冷笑道："他只配替我倒洗脚水。"

还有一人慢条斯理地道："只有猪才会找他，供宰。"

三人说毕，哈哈大笑。

有三人几乎在同时间霍然回首。

其中一人，就是改装易容过后的萧秋水；另外两人，就是那两疯疯癫癫的男女。

只见在膳食堂的桌上，斜里歪气地坐了三个人。

三个年轻人。

一人十分佻达，一脚屈膝，挂在长凳上，一眉既高，一眉既低地望着对方；一人一脸煞气，一手颐案，样貌十分威凛。

另一人则双目垂视，始终没有抬起头来，似场中发生的事，与他无关一般。

这时五人对峙，所散发出的杀气，顿令全场都蓦然感受到，截然静了下来。

那高挑长发青年一拱手道："在下人称秦风八，这位是义妹陈见鬼，请问有何得罪之处，阁下何必出语伤人？"

那较矮的女子也正色道："你伤我们不要紧，要骂萧大哥，却要交待则个。"

那桌子上三人中的两人，又哼哼嘻嘻地笑起来，愈笑愈忍俊不禁，终于抱腹哈哈大笑起来。

那两名青年，气得鼻子都白了。

而且笑声愈来愈响，原来他们背后，也有一男二女，在捏着鼻子嗤笑。

秦风八怒问："笑什么？！"

那两个女子中，浓妆艳抹的那个嗤笑道："这么怪的名字呀，男的却似女的，女的却似男的！"

另一个装模作样的女子道："——找他？萧秋水是你干爹么？"那个阴阳怪气的男子也道："你们要找萧秋水，不如找我们

'费家'——"

他接着说下去：

"萧秋水的兄弟朋友，全在我们处作囚中客哩。"

费家的人！

萧秋水立起警惕。

猜匡这两女一男的形貌，显然便是费井树的一子二女，"双剑一刀"。

而那在座中的三人又是谁？

萧秋水此番首度与费家的人接触。

费家的人显然不知道那镖客打扮的人就是萧秋水。

陈见鬼怒道："你们擒萧大哥的兄弟朋友，有何居心？"

那浓妆艳抹的女子道："你这是多问！"

陈见鬼瞪眼道："就算是多问，因为是我的事，我是要问的——"她昂然接下去道，"我虽未与萧大哥谋面，但私下当他作兄弟；他的事，就是我的事。"

那装模作样的女子道："那你就先在黄泉路上等萧秋水好了。"

一说完，"唰"地抽剑。

同时间，另两人，一人拔剑，一人猛拔刀。

在拔刀剑的刹那，阵势已布成。

三人双剑一刀，已围住秦风八与陈见鬼。

三人包围，气势凌厉。

秦风八兀自笑道：

"没想到未见着萧大哥,却先打了这一场。"

陈见鬼啐道:"也好,先杀这一场,好给萧大哥作个见面礼。"

萧秋水听得热泪几乎夺眶而出。而"双剑一刀"阵势,即要发动,就在这时,只闻一个女音呼道:

"慢着!"

另一个女音叱喝道:

"萧秋水的事就是我们的事,要打架,算我们一份!"

萧秋水一听这语言:好熟。蓦然回首,只见两人已掠入场中,正是:

"疯女"刘友与梅县阿水!

广东五虎中的两名女虎将!

萧秋水一见心中大悦,但他们却认不出萧秋水来。

只见疯女跳入场中,劈面对秦风八、陈见鬼就"嗨"了一声,道:

"我们也是从老远来找萧秋水的。'神州结义'盟主的事,萧秋水非去不可,但迄今仍未露面,我们也是得一紫衣女子指点,上山来找……恰好碰见你们,哈!可真是同一道上的啊。"

梅县阿水想挤上来说话,一不小心,却给炉角绊了一跤,"叭"地跌得荤七素八,咧齿怒道:

"可恶!"

萧秋水看见被这两不速之客而犹在莫名其妙、愣在当堂的陈见鬼与秦风八,不禁暗笑,顿忆起昔日的风云人物——

——大肚和尚之奇特、铁星月之放屁、邱南顾之歪理、李黑之古怪、洪华之朴实、施月之急直、林公子之自命风流……

终南山绵亘不知若干里，兄弟、朋友，——你们都在哪里？

那浓妆艳抹的女子叫费伊天，装模作样的女子叫作费花勇，那阴阳怪气男的，就叫费畏睛。

这三人都是费家之后，除了精于刀剑之术外，都有一两手绝艺，他们眼高过顶，本就没把中原武林高手放在眼底里。

费畏睛瞪然问道："……你们……是一伙的？"

疯女刘友道："既都是萧秋水的朋友，当然是一伙的！"

秦风八"卜"地一弹拇指，道："对！既是萧大哥的兄弟，自然是同一路的！"

——萧秋水在江湖上名气大，但武功本来不高，有这么多人矢志同心追随，不是依靠势力的支持，或世家的撑腰，更无钱财的力量做后台，他的崛起，全凭是志气、侠气、正气的感召，才使得素不相识的人服膺。

费畏睛大喝一声，一刀扫了过去。

刀锋本来砍向秦风八，中途一回，反扫疯女。

疯女陡遭此变，急危不乱，张口一咬，竟咬住刀身。

费畏睛甫动，费伊天与费花勇的长剑，也就动了。

两柄剑如两柄闪动的银蛇，直向秦风八、陈见鬼背心刺来。

阿水怒叱一声：

"让我来！"人已如旋风，抢了过去，起肘，撞向费伊天；抬膝，顶向费花勇。

于是梅县阿水与潮阳疯女，跟费家"双剑一刀"就打了起来，反令原先的陈见鬼、秦风八二人，有无从插手之感。

这"双剑一刀"配合起来，至少已经变幻了二十六个阵势，随时因情况而改换,对疯打狂斗的刘友和阿水说来,是无比的压力。但刘友和阿水的奋勇闯阵,也是这"双剑一刀"的克星。

陈见鬼、秦风八见五人打作一团,难分高下,不禁有些担心起来;座上三人,举止轻佻的,也引颈张望,样貌威煞的,也凝视场中,唯有中央那年轻汉子,身裹锦衣,依然不抬头、不举目,望着桌上他前面的一双筷子,宛若那双筷子正在与他说话似的,任何事物,都换不掉他的专注。

第壹贰回 秦风八与陈见鬼

——不能愤怒。愤怒易败。但在最险中求胜却是兵家之上策。

费家三姊弟的刀剑之阵，一波三折，原本是冲杀千军万马之中，而又能回身互救、首尾呼应的战阵，普通都是在以寡敌众的情形之下施用，费家姐弟，一向自恃过高，所以此战阵换作敌寡我众之时，围杀一二人之战术，反而无从发挥。

疯女的疯癫泼辣拳法、阿水的跌撞碰砸拳路，把费家三姐弟打得喘不过气来。

就在这时，情势又变。

费畏睛的刀身，"嗖"地遽然增长，成了扫刀；费伊天与费花勇的剑身，也骤然加长，变作长刺，刹那间兵器机簧发动而变形，使阿水与疯女猝不及防，身上都挂了彩。

但是这两人不挂彩倒好，一旦受伤，更加凶猛："两广十虎"，无一不是从市井中一层一层打上来的，身经何止百战，所以愈战愈勇，疯女使出"疯癫拳"，阿水则使出"跌撞拳"。

"疯癫拳"的秘诀就是"疯疯癫癫"，"跌撞拳"的秘诀也就是跌跌撞撞，这本来都是犯兵家之大忌，但在最险中求胜却是兵家之上策，这两种拳法，故意破绽百出，但因以绝对个人意旨为中心，反而把对方千变万化的攻势，消解于无形。对方只能打起十分精神，以应付这种疯狂的拼决。

疯女为人甚是大路，不像一般忸怩女子作风，所以打法大开大合，眼看几次要被刺中，可是对方也怕与之拼个同归于尽，只好跳闪逃开。

梅县阿水天生残缺，马步浮摇，她却利用这个特点，碰撞顶靠，连消带打，反而逼住了敌手。

一时之间，费家"双剑一刀"，大为吃瘪。三人忽然长呼一声，刺、刀骤折为二，三人俱变成双剑双刀，展开奇异刀剑之阵，砍划而至。

但也在同时间，阿水和刘友同时长啸一声：

"破锣！"

这一声长啸过后，两人猝然抢攻。阿水一头撞入费畏睛怀里，费畏睛双刀不及封锁，"砰"地被撞得口喷鲜血。

费伊天挥剑求救，疯女大喝一声，双脚飞起，费花勇双剑一拦，反斩疯女双腿，但突然间"嗤嗤"两道飞快的影子"啪啪"地打中了她的脸颊，只觉臭味难闻，人却金星直冒，一跤坐倒。

原来疯女在刹那间，踢出了所穿的鞋子，击倒了费花勇。费伊天被疯女阻得一阻，阿水已反转过身，却一跤跌了下去，费伊天只觉眼前人影一空，双腿却已被人紧紧箍住，疯女"嗖"地一口沫液，吐在她脸上，一时不能见物，"砰"地挨了一拳，飞了出去，半响爬不起来。

一时间，费家二姊一弟，尽皆倒地不起。

原来阿水与疯女的"破锣"一句，是彼此的暗语，此语一出，两人就将平时配合无间的"疯癫拳"与"跌撞拳"的精华发挥，力挫强敌。

两人虽已击倒"双剑一刀"，但受伤亦不轻，气喘吁吁。这时场中忽又多了两人，原来是那座中三人，也没见他们怎么动，却一下子来到了场中。

那两人自报姓名，浮滑的青年说："我是费家费洪。"威猛青年道："我是费家费晓。"费洪嘲讽地道：

"你俩居然打败了费家的三个没用的人，就让我们来教训教训你们。"

原来费家成员，也各有成见，费逸皇、费井树两系，因承接费家衣钵问题，也闹得颇不愉快；但费渔樵昔日深受家庭分裂之苦，所以全力压制，才不致酿成分裂，但也势成水火的现象。

"不公平！"只见一镖师打扮的黄脸汉子道，"她俩已战累，你们此时挑战，不公道！"

费洪、费晓相顾一眼，心中都暗忖：此人易容！但都不知这两撇胡子的堂堂大汉，是什么来路？费洪当下冷笑道：

"什么公不公平！且看看所谓的广东侠女是不是浪得虚名的！"

真是吹胀不如激胀，梅县阿水第一个憋不住，跳起来大呼道："好哇！小兔崽子，就算是车轮战，老娘也挑了！"

阿水一跳出来，疯女当然没理由让她独战，也跃了出来，叱道：

"呸！有胆放马过来！"

费洪嬉笑道："这就对了。"

一说完，手上多了一柄剑。

这柄剑也没什么奇特，但费洪眼睛不瞧敌人，只盯着他自己的手中剑。

阿水、疯女因此也戒备起来，全神贯注。

费洪忽然将剑迎风一抖，剑身居然寸寸断裂，又似被一条细链穿在一起般，变成了千蛇百星，犹如暗器，又如千百片剑，向两人罩来。

就在此时，费晓也出手了。

他用的是十字枪。

阿水、疯女惊退，十字枪就拦在她们背后。

阿水一弯臂，一闪身，箍住了十字枪，正想运力一拗，扳断枪身，但十字枪一抖，旋转"嘶"地割入了阿水的胁下去。

疯女那边也同时遇险，那口"千蛇百星剑"突然却似有什么力量一般，迸喷了出来，千百点剑片，打向疯女身上。

才一照面，疯女、阿水已然不敌。

费逸皇嫡系的高手，果然比费井树外系的子弟强多了。

就在此时，一声断喝，一条人影飞来，一阵急抓乱拨，居然以一双空手，把剑片尽皆扫落，铿锵落地。

也在同时，另一条黑影一闪，一出脚，不偏不倚，把十字枪矛尖挑起，血肉飞溅，另一脚却把梅县阿水踢走。

潮阳疯女与梅县阿水死里逃生，犹有余悸，回首一看，却见陈见鬼、秦风八二人，心里都有"再世为人"的感觉。

费洪、费晓二人脸上却变了颜色。

费洪这才重视起来，怒问："你们……究竟是哪一帮哪一派的人？"

陈见鬼冷笑道："你总听说过丐帮吧？"

秦风八冷冷地道："那你也听说过丐帮有两大护法吧？"

费洪变色道："两位可是……可是外号'阎王伸手'和外号……'钟馗哈腿'的……两位高人？"语态上已不知客气了多少倍。

陈见鬼道："我就是'阎王伸手'。"

秦风八道："我就是'钟馗哈腿'。"

费晓插口道："我们费家……跟丐帮素无怨隙，两位因何来摸这趟浑水？"

秦风八脸无表情地道："因为是你们先动我们。这两位……姑娘……是因为救助我们，所以才伤成这个样子的。这原是我们的事，我们当然不能坐视。"

——他讲到"姑娘"时，目光斜瞥阿水、疯女两人，邋里邋遢的，凶巴巴的，真是有些尴尬，几叫不出口。

费洪暗笑道："那我们赏面给两位兄台，也不对付这两个婆娘，这下两不相欠，可得了吧？"

陈见鬼板了脸孔："不行。"

费晓勃然问："为什么不行？！"

秦风八道："不行就是不行。你们已刺了人一枪，又有千奇百怪的剑狙击，差点都让你们弄出了人命——就这般算了？"

陈见鬼接口道："更何况……你们刚才语气中侮辱了萧大哥……"

费洪诧问："萧秋水跟你们有什么关系？"

陈见鬼断然道："没有关系。"

秦风八道："家师裘无意，对萧大哥的印象很好，这趟西来，也无非为了劝萧大哥角逐'神州结义'盟主一事。"

裘无意是丐帮帮主。——但萧秋水却不认识裘无意。裘无意如何得知萧秋水可敬之处，倒教萧秋水费解。

——但是在权力帮未崛起前，丐帮理所当然是天下第一大帮，声势骇人，现在虽然声威大减，但费氏兄弟依然不敢随便树此强仇。

费洪强笑道："冤家宜解不宜结，两位对萧秋水，也并无什么渊源，不如就此算了。"

只听秦风八冷冷地道："如果费兄这番话，在咱们亮出字号之前说的话，那一切都好商量……"

陈见鬼斩钉截铁地道："等到现在才说，不过是趋炎附势——没人情讲！"

费晓怫然道："他妈的王八羔子，真以为老子怕了你不成？拼就拼吧！"

一说完，十字枪"呼"地一划，戳了出去！

陈见鬼闪电一般，双手已扣了十字枪的交叉点上。

就在这时，十字枪突然断了。

原来不是断了，而是从中折而为二，费晓左手执另一端，端尖突然弹出一截棱形铁刃，直捅了出去！

这下变化极快，棱刃已刺入陈见鬼的左肩。

陈见鬼却丝毫不觉痛苦，右拳已挥击，打中费晓。

"嘶"地棱刃撕下陈见鬼左臂一截衣衫，才看出陈见鬼的这只左手，是铁铸的：

费晓被打飞出去，咯了一口血，可是他手上的兵器，又有了变化。

十字枪的枪尖猝然离柄飞出！

陈见鬼飞起，仍被枪尖钉中大腿。

在电光石火一接触间，费晓被打得重伤倒地，但陈见鬼也伤了一条腿。

只听秦风八冷冷地道："费家的兵器，神奇得紧呀！"

费洪皮笑肉不笑地道："费家的暗器，也不逊色！"突然，一掌拍出，秦风八一拦掌，格开一招，费洪又一招手，打出四颗琉璃球！

费洪一出手，秦风八已跳起，霎时间他已踢出四脚，把琉璃球都踢了回去。

本来他这一下是反守为攻,但可怕的是,那四颗琉璃球才一触及他的脚尖,便炸成烟雾。

浓雾红色。

"不要呼吸!"秦风八一面捂住鼻子,一面大呼,他是怕庙里的香客吸着了会不得了,谁知刚呼叫完,脑中一阵昏眩,只听费洪桀桀笑道:

"倒也,倒也。"

原来费洪这琉璃球,是没有毒的。但与秦风八先前所对的一掌,却含有剧毒,烟雾一起,秦风八要捂住鼻子,便中了他手上沾有的迷药,全身发软,费洪得意地笑着走近。

就在这时,秦风八忽然跳起,踢出。

费洪早料到秦风八会濒危反击,所以早有准备,一扬手,又打出六道晶光。

这六道晶光,有快有慢,有的呼啸,有的闪光,分六个角度,攻击秦风八。

但是秦风八却并不是向他跳来。

所以费洪的出击落了空。

秦风八是跳向那烟雾袅袅的大香炉,一脚踢过去。

香炉夹着灰与烫辣的香火,迎头罩下来。

费洪大叫闪身,因吞着香灰,声音一哑,眼不能视,秦风八一脚踹出,刚好命中,费洪一面捂脸,一面咯血,情形甚是狼狈。

但是秦风八已然力竭,萎然软倒,想是毒药发作了,无法再支撑下去。

费家费畏睛、费伊天、费花勇、费洪、费晓与阿水、疯女、陈见鬼、秦风八力拼的结果，是两败俱伤，玉石俱焚。

这时在战斗中、烟雾中，一直没有抬过脸来的青年，忽然抬头，目光如电，大喝，桌子粉碎，拔刀，飞跃十三丈，到了秦风八身前，一刀斫下去！

这下突变，陈见鬼、阿水、疯女三人鼓起全力截击，但三女虽分三道防线分袭来人，但在同时却被反弹了出去，伏在地上，喘息不已。

到第三道防线，来人才稍停下，只见目光锐厉，一张脸不知怎的，就是不像人的长相，全脸发黄，目光发黄，像患了黄疸病的人一般，可是却令人不寒而栗。

他稍停着，双手抱刀，竖与眉齐。

费洪忍痛笑道：″这是我们费家年轻一代第一高手：费师蓥。″

陈见鬼等听到这名字，知道自己真的快要见鬼了。

费师蓥在江湖以及世家中的地位，类似昔日费家中最出类拔萃的人物：费怡汶。

费怡汶连挑十七高手，几乎重振费家声威，差点就跃登"武林四大世家"首座——如果不是遇到了慕容世情。

费师蓥是六十年后，费家最出色的后代。

费渔樵最赏识的就是费师蓥——虽然费师蓥并非嫡系所出，但他却是在费家子侄中，最具才华及最有杀伤力的一人，就像一颗大海中的明珠，虽非人造的夺目抢眼，却自具连城价值。

但这几年来，费师蓥因练奇门杂学，不但人心大变，连容貌也大为变更，——也许他一心想承继费家的衣钵吧，但这点利欲也唆使他成为费家中杀人夺权取名获利最凶最狠的一人。

然而费师蔭是有真才实学的人。他十七岁即击败太行山之王瘦小天，二十岁在一夜之间，连败"长山小四义"，而且在诗坛上，被称为"诗鬼"，诗风淬厉狂诞，在画坛中，也被誉为斧笔，每一笔俱有大点刷下来，如惊天地、泣鬼神一般的厉烈。

费师蔭主掌在终南山，就是等于守住了费家在华山的咽喉。

而他镇守的三年来，从来没有人，能过得了他这一关。

他决定要杀死秦风八，再杀陈见鬼、阿水、疯女这一干人。一个活口也不留。

他不希望与整个丐帮为敌。裘无意的威名，虽略不如少林天正、南少林和尚、武当太禅，但绝对在其他十四大门派掌门人加起来之上。费师蔭还想闯荡江湖，且还要崭露头角，这还得要"神行无影"裘无意的提携，他野心愈大，愈不想开罪裘无意。

所以他更加决心要杀人灭口。

杀掉丐帮两个护法，也许有一日，这使得他更容易当上丐帮的长老。

——这就是费师蔭无所不在的野心。

就在费师蔭踌躇满志的时候——他每次杀人，因掌握着"生杀大权"的这个意念而兴奋得全身发抖——忽然有人喝道：

"住手。"

费师蔭勃然冒火，他慢条斯理地斜盯过去，其实要掩饰自己被人所阻的愤怒——

只见一名两撇胡子的黄脸汉子。

费师荫马上意识到：这人是经过易容的。

易容的手法，是费家的，而且十分粗陋，令人一看就看得出——但是这人却令费师荫感觉到，此乃平生劲敌！所以他又兴奋得全身微微抖着。

"你是谁？"

那人掀开了易容之物，好一个眉清目秀但英悍神气的青年！

费洪不希望多结怨隙：今天上终南山来的人，看来都不怎么好惹。于是问道：

"这是我们自家的事，不跟你有关。"

那汉子道："跟我有关。"

费师荫冷冷地，冷冷冷冷地，再问了一次：

"你，是，谁？"

那汉子静静地，静静静静地，回答这句话：

"我是萧秋水。"

——萧秋水来了！

——萧秋水终于出现了！

受重伤的阿水和疯女，忍不住雀跃欢呼，但都不能宣泄心中的喜悦。陈见鬼与秦风八却直瞪了眼。

——这人哪，原来就是我们要找的人！

费师荫目光收缩，一字一句地道：

"你，是，萧，秋，水？"

萧秋水没有答这一句话。他反问：

"我的朋友呢？"

费师荫一脸狠色，道：

"闯得过了我这一关,再到华山去找吧。"

费师荫说完,心里却一凛,怎么能这样子说话!好像这人已能过得了他这一关似的,自己已透露出他朋友的困囚处!他转眼一看,萧秋水眼睛里已有了笑意。

可恶!

——不能愤怒。愤怒易败。

费师荫立即这样告诫自己,可是他又因自己意识到"败"而懊恼着。

然而秦风八、陈见鬼都亮了眼神。萧秋水果然是萧秋水!一上来第一句话,就是问他朋友的下落!

第壹叁回 第二次决斗

——只要运用高超的武艺与智慧,找寻那安命之所,就能无敌,就像蛇畏硫黄,大象惧鼠,蝴蝶都知道季节流变飞往一个地方一样。

费师蔭信任他自己的刀,他的刀有十七种变化,任何一种,都足以使一流高手丧命。费家的所谓"变化",不是招式上的"变化",而是致命、狠辣的,融合各种奇门异术的"绝招"。

"你既是萧秋水,便活不下终南。"

萧秋水淡淡地道:"我不下终南。我上华山。"

费师蔭怒道:"把'天下英雄令'拿出来!"

萧秋水眼光注视远处,仿佛只有终南那山、那水,方才值得他一看的。

"你配吗?"

费师蔭一下子愤怒得全身抖了起来。

——不要生气,费师蔭,不要生气!

他暗自警告自己,一面抑制愤怒。

偏偏萧秋水的眼里又似乎有了笑意,仿佛以为他的发抖是因为惧怕——

——我才不怕你!

费师蔭终于按捺不住,一刀劈出!

刀风霎时间布满了狭仄的膳堂。

萧秋水的身形已飘出了膳堂,到了神殿。

刀风立刻又追到了神殿,且充斥了神殿。

萧秋水又逸出了神殿,到了门槛。

刀风又粉碎了寺前门阶的宁谧。

萧秋水又飞了出去,到了摆在天坛前,那一口极大的、六人合抱宽的繁茂香炉边缘上。

——你这岂不是找死!

费师蔭心忖。他跟着也飞上了香炉边缘。

寺里的人都追出来看：只见灰蒙山景，两人宛在天边，衣袂飘飘，来往闪忽，背后是一片空茫的天色，好像连沁凉的空气，袅升的香烟，也是一般无情。

大家却没有注意到围观的人丛里，多了五条戴竹笠的鲜衣大汉，静静地默视着。

费师蔭一刀劈下去，这一刀龙腾虎势，不但可把人劈成两半，也可以把铁炉斩成两半。

但是到了中途，刀势全改。

刀改由刀背拍落，击在香炉里！

"砰！"香灰激扬，全迸喷向萧秋水！

然后费师蔭的刀横扫，却在刀柄间，忽忽二声，喷出大量的毒液，而他空着的左手，也打出四五种不同的暗器！

有些已经不可以说是暗器，而是毒物——活着的毒物。

随便任何一样毒物，或一件兵器，只要沾着萧秋水，——萧秋水必死。

可是萧秋水没有死！

他突然脱下镖客的披风，一张一罩，便把费师蔭连人带刀带暗器包住。

——当然连香灰也裹了进去。

费师蔭才挣扎了一下——才挣扎了那么一下子，便不动了。

萧秋水打开布包，费师蔭七孔流血，"砰"地倒在香炉里，身子炙着了香枝，"吱吱"地烧响了起来。

——也许他以刀拍香灰，亵渎了神明吧？死了后连香都要烫他。

费师荫中了自己的毒，——连香灰给他那一拍，都是有毒的。所以他死得很快——虽然死得双目凸露，死得不服气！

这是萧秋水第二次决斗。

——其实应该说，萧秋水得"无极仙丹"之助，受武当、少林、朱大天王一系及权力帮一脉"八大高手"相传后，第二次单打独斗，一对一高手的对决。

——萧秋水是用了章残金、万碎玉运使"残金碎玉"掌法时的"金玉游龙"身法，退出寺内，而在香炉上乃运使"东一剑、西一剑"的"东忽西倏"轻功与之周旋——

但这一战最令萧秋水愉悦的是：他在搏杀强敌时，用的却是他自己的手法。

他已经越过前人，有了他自己。

他在与娄小叶一战中，以对方断剑绝招搏杀对手，已经稍具雏形，而这与费师荫的一战更能确立他的未来趋向。

他望着空蒙的天色：天意无情，事在人心。每一个人都有他特殊的形式，而也有特殊的安身之地，所以也有特别适应他的生存方式和死门。只要运用高超的武艺与智慧，找寻那安命之所，就能无敌，就像蛇畏硫黄，大象惧鼠，蝴蝶都知道季节流变飞往一个地方一样。只要天地是阔大宽邈的，所以无瑕可袭。

萧秋水兀在香炉上发怔，远漠苍白的天色，加上他深锁的剑眉、袅袅上升未灭的香烟，以及倒在他脚下的尸首，使萧秋水看来犹如诛杀恶魔的天将，在替天行道后又生了大慈悲，故有郁色。

要不是有这样的感觉：梅县阿水、潮阳疯女、秦风八、陈见鬼等必定已欢呼。

费家的其他五个人没有上前来收尸，他们已不见了。

费师荫一死，他们就溜了，逃得一个也不剩。

这尸首后来还是萧秋水亲自锄的，亲自埋的。

他在墓碑上用剑刻了几个字：

"费家的人"。

——生为费家人，死是费家鬼。

他以为费师荫会喜欢。

——他当然不知道费师荫是因为不想仅作为费家的人，所以才野心勃勃，自诩高明，结果死于横逆，成为费家的冤魂之一。

不过这也并不重要，反正终南山多雾，不久墓碑即生青苔，连那几个字，也被蔓长得看不见了。只是那青苔不似一般绿茵，反倒是生得一片惨黄，长在墓碑上，乍看来就似一张人脸，不，像费师荫生前的脸一样。

萧秋水决意上华山。"我也去。"陈见鬼说。"我们一齐去。"秦风八道。

"我们本来赶到陕西来，是要接萧大哥过去参加'神州结义'同盟盛会。我们皆一致认为，领导大家非萧大哥莫属，故此才要萧大哥去一趟。"疯女道。

萧秋水这时再没有谦让。因为他已看出了这武林的情形，要一个年轻的"盟主"出来，一定要能代表正道力量，而不只是"荣誉"而已，更重要的是"责任"，以及负担起这个"责任"的"责任心"。

所以他只是问：

"是在哪一天？"

"三月十二。"

陈见鬼即道："那天阴雨。"

秦风八皱眉道："腥风血雨。"

这两人是丐帮的重将，在裘无意严训之下，对星象、卜筮、气候、时令等都有特殊了解的异能。

"我会去的，"萧秋水道，"但是我要先办完这件事再说。"

"那么我们一起去。"阿水说。

"反正要回去，就一道回去。"刘友也道。

"一齐去闯荡也好，"萧秋水对阿水等笑着调侃道，"可别又摔跤了。"

事情就这样定下来了。于是一行五人，同上华山。烟雾空蒙，山风飒烈，他们自终南出发。

到了玉泉书院，萧秋水等人虽艺高胆大，但也素闻西岳华山的险峻。

"只有天在上，更无山与齐。"

他们在这"千古华山一条路"下，酣饮清泉，然后才背上行囊出发。

所谓行囊，秦风八与陈见鬼二人，大大小小的麻袋背了十七八包，也不知是什么事物。萧秋水等人都知道丐帮门户中有许多奇文异规，所以并不过问。

梅县阿水，换上一袭朱赭劲装，膝上还是照惯例，开了两个洞，以免跤时把裤子磨破。潮阳刘友，还是疯疯癫癫，神经兮兮的，不过也有几分姿色撩人。萧秋水心想：要是那好色的林公子在，一定过去打情骂俏，那搞不好会被忽发花痴的刘友咬上一口。

他心里想着，不觉暗笑。旁人看去，只见他眉带郁色，却精悍过人，穿白衣长衫，介于文秀与英气之间，很难捉摸。

"萧大哥，如果你当上了'神州结义'的盟首，你有什么打算？"

这时阳光照在松林中，一绺一绺的阳光，好像到了树枝遇到了弹性似的，反照下来，洒在人的身上，好像细雨一般舒畅。萧秋水仰着脸好像在鹄饮着无私的和熙的阳光。阳光好金好亮，当华山的风掠过，全座山的松树都摇首摆脑，发出"呵呵"的声音。这就是华山有名的松涛。

"没有打算，"萧秋水答，"我是从一座山，走到另一座山。"萧秋水笑得温熙如春阳：

"我不是去打猎的，我爱这些山。"

疯女和阿水都似懂非懂，好像松风在诉说些什么，是华山上那秦宫女玉姜的故事吧，还是齐天大圣打翻太上老君炼丹炉的传说……她俩不懂。

陈见鬼说："不过一般的领袖都是先有所允诺，他出任后要做什么做什么的……"

萧秋水望着对面的山。这边的山柔静阴郁，对面的山被金色的阳光洒得一片亮晶。真是好像仙境一样，有什么喜乐的事，如升平的音乐，在那儿树梢与树梢间荡跌着、回乐着的……

"我不是领袖，我只是决斗者，或者写诗、绘画、沙场杀敌。"

秦风八道："那你跟什么决斗？"

萧秋水脸中掠过李沉舟那空负大志的眼神……他说：

"我跟自己决斗。"

"我不懂。"连秦风八也嘀咕着。

"要跟自己决斗……"萧秋水笑了,"首先要择剑、排除万难、找到自己……"他诵咏着两句:

"只有天在上,更无山与齐。"

他信步前行,走上千尺幢。石上写"回心"两字。还有石壁右书"当思父母",左书"勇猛前进"。这千尺幢扶摇直上,不知深远,仅一铁链供手攀扣,上天开一线,几至爬行,始能直立,是谓万夫莫开之势。萧秋水微笑,把他头上的儒巾撷掉,绑在"回心石"上,然后洒然前行。四人茫然相顾,只有跟着过去。他们并不知道,这是少年脆弱的萧秋水,进入成熟生命的伊始……

回心洞天插壁立,登华山仅此一道。

磴道共二百七十四级,既陈且长,阴森逼人,阴峻凌空,出口只有一个,圆若盘盂,古称天井。

在此狭仄的洞口,有一块铁板,只要一经封盖,即与山下的人断绝了。

此刻"天井"没有封盖。

萧秋水的身子几与磴道梯级平行,昂首望去,犹可见一丝天光。

但萧秋水望不到"天井"旁的事物。

所以更不知道那儿匿伏着有人。

四个人。

费洪和费晓。

费洪和费晓并不可怕。

可怕的是费洪与费晓身边的两人。

一个人，书生打扮，但脸色惨青，一柄扫刀，就搁在从千尺幢登百尺峡的磴石上。

这人不曾抬头，但没有人敢走近他，连费洪、费晓都不敢。

在"天井"隧道上，有一妇人，高大，挽髻，长脸，高颧，双手高高举起一柄劈挂大刀。

刀漆黑，至少重逾七十来斤，而妇人脸上凝布之煞气，却至少重若万钧。

他们正在等待。

等候萧秋水一步一步走上来。

萧秋水扶级而上。千米的壁谷，群山深远处，那么静静的翠谷，真该有唐方迎照在阳光下，吹首小笛……萧秋水是这般想。仰头可眺重嶂叠翠、奇峰耸峙的高山，俯视则可见潺潺长流，清可见底。那高山是我，那流水是唐方……不知是什么乐曲，给萧秋水改了歌词，这样地唱。

然而危机布伏在磴道的尽头。

那是必杀之机。

那一男一女，是夫妇。而且是费家的要将。他们就是费井树与封十五。

费井树是费渔樵的长女，她专霸之名，传遍武林，使高傲慢倨的没落世家子弟封十五，也有季常之癖。

封十五就是那惨青脸色的汉子。"封家扫刀"本是天下闻名的"八种凌厉武器"之一，后来封家败落，为唐家所摧毁，封家使扫刀的高手，只剩他一人。

他向来自负傲岸，又不肯将绝技授人，"封家扫刀"于是没落，他也因此入赘费家，心里有怀才不遇的志魄，所以出手就似每一刀每一扫都要别人以血来洗他的耻辱一般狠绝。

费井树的劈挂刀，封十五的扫刀……在江湖上、武林中，是二绝。但他们骄傲得从不肯合击过。所以费井树守着"天井"，封十五则望着山谷。

费井树的劈挂刀高高举着……

还有十来步，就到"天井"之处了，萧秋水时仰时俯，看过去，望不到天，见不到底。

然而那首歌，遥在萧秋水心里萦回不绝。那松风簌簌地吹过林子，催动了萧秋水的衣角：是要细细地告诉我什么吗？萧秋水没有听见，他想，一定是唐方寄溪流，传山岚，写在云上、水上的话语。

他真懊恼他未曾听见。

然而风，是逆着吹的。

也就是说，风是钻过"天井"，吹送下来的，风穿过费井树高举挂刀的衣角，费井树全神贯注，双手高举，所以不能捺住衣褶。

"来的确定只是萧秋水和丐帮的人吗？"

"还有广东五虎的人。"

"那不打紧。肯定上官族的人不在吗？"

"不在，他们的人都出来了。"

"你们三个，去通知山上，"费井树道，"你们四个，留在这儿。"

"几个小毛贼,还用这般阵仗?"封十五冷冷地、毫无表情地讪嘲着。

他被费渔樵安排到这山隘上截杀上官族的人,他本就觉得大材小用,很不服气。所以他就采取不合作的态度,把扫刀放在一旁,闲着没理。

费井树也没理睬他。她也自信应付得了,不过她是费渔樵爱女,遇事甚有分寸,先嘱她自己的子女费畏睛、费花勇、费伊天等人先上山报告去,却把哥哥费逸皇的一对儿子费洪与费晓留下来。

"能杀丹枫的,多少有些能耐,"费井树道,"不可以轻视。"

她明知一个萧秋水没有什么了不得,但她定是要在这狭仄的进口里施狙击,除此强敌。

这是她的本性。

费洪与费晓目睹过萧秋水的本领。他们知道萧秋水并不好惹,所以弄了一块巨大石头,对着磴道,准备姑母一击不中时,再推落石块,栈道如此狭隘,石块滚下时,一个也躲不掉。

——其实谁能躲得开姑母那百发百中,且意想不到的一击呢!

——如果躲得过,也成为这石下冤魂罢了!

——就算连石也砸不死他,还有姑父的扫刀——他们虽是费家的人,但也知道谁也躲不过封家的扫刀。

——趁一个有资格成为高手的年轻人未崛起、成功、立大业之前,先把他砸杀了,那就永绝后患了,这方法一向是费晓、费洪的杀手。

所以萧秋水是死定了。

萧秋水离石磴隘口只有几步路了。

然而他心里还是在响着他认识唐方时的那首歌……

郎在一乡妹一乡；

有朝一日山水变……

稿于一九八〇年三月五日陷于宵小和政治陷害的"神州大逼害"中，正全力捕救、寻索、挣扎中。

校于一九九三年七月十五日

术数大师在《明报》上未征得同意转载我文／"中国友谊版"之《伤心小箭》即将出书，稿费亦已汇出／杨波、黄澐、孔悦等读者来函／友谊版《神州奇侠》新版稿费新法寄／发现有花城盗印版、《布衣神相》海盗版、《西风冷画屏》冒名伪作／湖南文艺出版社推出《游侠纳兰》和发现伪作《剑归何处》／重进修佛家念力气功。

修订于一九九七年十二月二十三至二十五日

在澳／康办新证，领事有碍，中旅顺利，有读者相助／识体操家张如，Sky heart／于赶来会聚，晴询之为何对"壹"事件冷漠，好玩／旅次中仍大赶《天下无敌》／最低调度农历生日／昔日繁华热度，今日清闲知足过。

第壹肆回 第三次决斗

——只见迎面飞来一道白练,如万丈银河,泻入深谷,若似静止一般,不闻其声。这刻情景,如图画里万壑千谷,壁上一道飞瀑,云烟处茅舍几间,小桥一抹,画意诗情。

萧秋水踏上了最后一步石阶。

下一步石阶,该通向哪里呢?

就在这时,萧秋水突然感觉到一件怪事。

风自"天井"的缝隔里吹来,本来渐次强动,使他的眼有些睁不开来。

他几乎是闭着眼,想着唐方,冥想着走上来的。

但是风势忽然弱了。

迎面的风势陡然终止,但两侧与下摆的风劲依然。

萧秋水心念一动:洞穴那边,有事物在挡路。

但在窄狭的磴道上,不可能植有树木;如果有人,也该有声音——

就在这瞬间,他边思想着,头手已穿过"天井"。

也在这瞬间,费井树尖喝一声:

"嗳呀——"

以泰山电殛之势,直砍而下!

这下间不容发,萧秋水退无可退,闪电般出剑。

他拔剑的动作与出剑的动作几乎是同时完成。

出剑的动作与收剑的动作也是在同一刹那间。

费井树擎刀的手停在半空——仅差萧秋水额前不到半尺,萧秋水的剑已闪电般刺入费井树的胸脯,又拔了出来。

在费井树背后的费洪和费晓,只见姑母高举起劈挂刀,只到一半,忽见她背后"突"地露出一截剑尖,又"嗖"地缩了回去——

然后姑母的劈挂刀就止住在半空。

费洪十分机警:他知道姑母完了。

他立刻与费晓招呼，两人推动巨石，直滚落了下去。

就在费晓与费洪一怔之间，萧秋水的身子已完全穿出了隧道，看清了当前的情势。

费井树却完全看不清。

她不相信她已中了剑。

但是事实上她不但中了剑而且对方已经把剑抽了回去。

她的体能力量已被这一剑粉碎，但精神力量未死，她还为那惊天动地的一剑而诧异着。

就在这时，一股大力，自背后撞上了她。

当她省及，这股莫可形容的大力就是两个侄子推动之巨岩时，她已经被碾在石上，直向磴道撞落！

萧秋水乍见那妇人还凶神恶煞向他扑来，吓了一跳，马上发觉她背后有块大石。

萧秋水原来得及跳避，因他已穿出"天井"；但他知道他背后的人，在狭窄的磴道，这大石滚滚，无论是谁，都死定了。

所以他没有避，反而迎上去，双掌拍出！

就在石块仅开始滚动，但未带起长距离的飙力之际，他已以深厚的内力，双掌极力镇住了巨石！

他顶住巨石的瞬间，头上白烟直冒，陈见鬼、秦风八这时已双双穿过"天井"！

巨石顿住，费洪、费晓几乎不敢相信自己的所见：这人竟有此神力！

可是封十五已确定了一件事：他妻子死了。他铁青着脸，比什么都还快地抄起了地上的扫刀！

这时疯女与阿水也掠过了"天井"。可是因为太急,阿水因一个不留神,在石磴上摔了一跤。

萧秋水大吼:

"快跑!"

巨石轰然滚下,萧秋水似游鱼一般,在电光石火刹那,已自岩石沿侧穿了出来。

费洪、费晓两人,立时迎上了他。

惊魂未定,内力耗尽——正是除掉对方的好时机。

所以费家兄弟要把握这个绝好时机。

同时间,封十五已横执扫刀,冲了过去!

秦风八、陈见鬼二人要拦,全被这铁青脸孔的人凌厉逼人的心魄和气势震开。

疯女也不敢挡,封十五冲入四人之间,疯女尖叫:

"阿水小心——!"

但是已迟。阿水刚刚起身,封十五一刀横中,阿水哀号倒地。

封十五回刀,摆起架势,正要再斩,忽然背后碰到一人的背后。

两人同时回身:眼神里交击着夺人的精光!

背后的人是萧秋水。

费洪、费晓已倒下:萧秋水同样用"东一剑、西一剑"的快招迅雷不及掩耳地杀了他俩。

可是他背部触及一人,回头,只见一铁青脸色之汉子,横提着扫刀,疯女撕心裂胆地呼号,而梅县阿水却已倒在血泊中。

他目中坚定地发出必杀的厉芒:

他知道他与这铁青脸色的汉子之间，只有一人，能活下去。

风势很大。

群树在远方哗然。

但封十五却无法利用风势。

因为他平时太高傲：明知费家的人，很会利用天时、气候、地势等环境，但他总认为一个高手，必不屑学这些……

就算是利用风势，使萧秋水无法全张目瞳，乃至于费井树利用"天井"地形暗算，——封十五都以为无此必要。

现在他认为必要了：因为他的拦腰扫刀，气势还完全无法化解萧秋水的巍然，而且山风直往他眼里吹……

他稍微有些后悔的时候，萧秋水就出了手。

千尺幢上，是百尺峡。

百尺峡高高耸峙，远较千尺幢为险，不攀石壁上的铁索，根本无法登步。

磴道犹如直上青天。

这一行人哀伤地上去。

萧秋水还是走在前面，他是背着梅县阿水的尸首上去的。

这广东五虎中的女虎将之一梅县阿水，未咽气前流着眼泪，很是脆弱。

萧秋水凑过去，跟她说了一句话：

"我已经替你报了仇了。"

阿水也流着泪说一句：

"我这一跤，摔得好重……是我自己没有走好……"

她断气的时候，封十五被萧秋水打落深崖的身体，大概也落到了崖下，作为了豺狼虎豹的午宴。

——华山，还是要去的。

——尤其因阿水之殁，更是矢志要上去。

——待解决的问题是，何处埋葬她的尸身？

四人默默地前行，而景色渐渐迫入华山菁华之所在，奇峰怪石，苍松青藤，山色叠翠，重嶂千峰。可是四人却怀了四颗哀伤的心。

群山似在远处，又似在近处，在这孤寂的山谷里，却像哀伤的笛韵，流露出人间恻悱的哀息。不知萧秋水此刻经过山里的迎着阳光或者躲在松荫里的小花，招招曳曳，有没有想起唐方？

在寂静无声、大气薄凉里，萧秋水没有回头，却说了话：

"在我们后面，跟有五个人，不知什么来路。"

三人俯视下去，从百尺峡望千尺幢的细路上，果然有踽踽而行、头戴竹笠的五个人，穿鲜花色泽的衣服，正停在适才"天井"一战之所在。

"不知是谁。"陈见鬼喃喃自语。

在其他人俯瞰的时刻，潮阳刘友却抬头，只见萧秋水冷静深沉，精悍的体魄，衣袂随风飞扬。

——这跟昔日在五龙亭拯救的萧秋水，有多大的不同呀。

疯女心里边如此寻思。

千尺幢，原来的磴道上，站着五个人，他们各穿红、蓝、黄、绿、黑五种颜色的鲜衣。

"好厉害。"黄衣人扫视现场,这样说。

"萧秋水方面,也死了一个同伴,只不过已给他负走。"绿衣人指着地上有一摊鲜血而无尸首处道。

"连被他打落悬崖的封十五,一共四个人,全死于萧秋水一人的剑下;萧秋水这个人,诚如老大所说,不可轻视。"红衣人凝重地道。

"封十五掉落山下至一半,犹能攀住岩石,却恰遇我们经过……我补他那一记,他那惊骇欲绝的表情!哈哈!螳螂捕蝉,黄雀在后,有萧秋水替我们打前锋……"

黑衣人用拳顶起竹笠,仰脸,阳光照在他纵横刀疤的脸上,他截断了蓝衣人的话语:

"萧秋水也不简单,如果我所料不错,他在上面已发现了我们。"

"车箱入谷无归路"——是杜工部的诗。

萧秋水等人这时已到了车箱谷。

华山雄奇严峻,共有五峰,分东峰、南峰、中峰、西峰、北峰,五峰笔立,高出云表,远远望去,如指微张,这五峰亦宛若莲瓣,故名华山。华山虽属秦岭山脉,但却孤耸于大平原上,千仞峭壁与坦坦平原眉目分明。

秦风八由是问:"华山有五峰,费家的人,把梁大侠等掳去哪一峰?"

萧秋水当然不知道。

"唯有从最近的山峰开始找起。"

陈见鬼瞠然道:"如果都没有呢?"

萧秋水淡淡地道:"那就一寸一寸地,找遍华山。"萧秋水又补充了一句:

"如果失踪的是我们,梁大哥也会这样来寻索的。而且……"

萧秋水颔首引了引向山下,道:

"山下跟踪我们的人,已经发现我们发现他们了。"

三人随而望去,山下的路道上寂寂,果然已不见了五人的踪影。

——那五人躲到哪里去了?悄然身退,躲在松林里,还是伏在峭壁上?他们到底是谁?

"不管他们是谁,但都不是费家的人。"萧秋水说。

"为什么?"这两个在裘无意座下相当足智多谋、博学广识的人,也不禁迷糊了。

"我把封十五打下山崖,他的叫声到半途,好像攀着了什么,没有再叫,变作呻吟……"萧秋水沉吟道:

"然后又一声惊骇欲绝的惨嚎,是那五人杀死了他。"

秦、陈二人,这才省及,适才在磴道上,萧秋水把封十五打下山涧,仍默立了好一阵子,原来是随风仔细地聆听,从封十五堕崖的讯息来辨识来人的意图。

"不过,要我们打前锋的,也绝不是我们的朋友。"萧秋水冷然道。

这时来到几处瓦舍几槛,很有山水画的意境。岭上还有群仙庙,建筑清丽,真令人感叹其建筑材料是怎么运上山来的。

但是到了一处:只见迎面飞来一道白练,如万丈银河,泻入深谷,若似静止一般,不闻其声。这刻情景,如图画里万壑千谷,壁上一道飞瀑,云烟处茅舍几间,小桥一抹,画意诗情。

四人看得怔忡。萧秋水忽向刘友问：

"就葬此处了，刘女侠您看……"

潮阳刘友怃然道：

"好。"

萧秋水横抱阿水，走入瀑下碧绿的深潭中。如此一步一步下去，寒沁也愈渐甚深。直到没顶，萧秋水一沉即起，阿水已然不见。萧秋水喃喃地向周遭苍葱的绿茵满壁道：

"就葬在这里吧……"

此时风至，瀑布半途忽然如花雨散开，没有直接垂下来，而变成雾雨，洒落在水边哀悼的三人。疯女把手往脸上一抹，也不知是雨是水还是泪。

萧秋水此时却想唐方有一种暗器，叫"雨雾"……他沐在瀑布下，心中的哀伤如同那置放的尸身，沉入潭底……而心头的志向，却如纷飞白瀑、散飞如雨……

萧秋水在泉水中闭目。乍然张目，只见云上又一排石壁，若巉若削，壁中有一裂缝，直如引绳，凿石为梯，高入天庭。

在这一片几百丈刀削般的绝壁半腰上，用铁索挂着一巨大的铁犁，便是传说中太上老君所用的开拓华山之犁。

这就是著名的天险"老君犁沟"。

在阳光下，这尖壁上有一道人影。

萧秋水缓缓走出了水潭。他虽不知这人是谁，但却直觉到，这必是他第三次决斗……

背着闪灼的阳光，那人的黑影硕大无朋……

那人手上也有一张犁,却举重若轻。

那人就在这"老君犁沟"的栈道上,充满了必杀的信心。

背后的山影犹如幢幢魔影:一夫当道,万夫莫开……

可是他看见萧秋水慢慢拾级而上;从眼中间望过去,萧秋水渺小的人影,愈来愈大,就在距离他还有十一个磴阶之遥,止住。

那人忽然望见了自己的鼻尖布满细微的汗珠。

"你是萧秋水?"

那人用他一贯傲慢的声音问,就像问一个后辈小子。可是这对萧秋水没有生效,他没有答。

于是那人几乎用愤恨的声音报出自己的姓名:

"我就是费逸皇。"看到萧秋水还是没有什么动静,他喊道:

"我派去的人呢?"

"他们暗算我,"这次萧秋水答了,"已经给我杀了。"

费逸皇几乎不敢相信自己的耳朵。

费井树的三个怪物——费逸皇常这样叫,因对这脉"外嫁女"的歧视——回来报说萧秋水居然在终南山杀了费师荫,已够令他不信,而今萧秋水居然抢得过"天井",杀得了……?!

费逸皇却无法不相信自己的眼睛。

萧秋水的确是穿过了百尺峡与千尺幢,上到"老君犁沟"来了,而且就在自己的眼前。

他怒极。可是他很快地抑止了自己的愤怒。

他当然已经看得出来:在这青年面前愤怒莫抑,只有速死一途而已。

他毕竟是费渔樵手下第一人。

所以他反笑，拔出了一根竹筒，厉笑道：

"你知道这是什么？"

萧秋水当然不知道。

费逸皇也当然会说下去。

"这是信号。你杀了我儿子，我一燃引信，峰上的人便杀光你的朋友，哈哈哈……"

他大笑，却姿态不动，眼睛全无笑意，只要萧秋水也躁急稍动，上来抢竹筒，他就可借此有利形势，一举击杀萧秋水。

可是萧秋水没有动，因为他自水中上来，经阳光一晒，使他身上升起蒸腾的白烟，令人看不清楚。

于是他决定燃起了竹筒。

这地方群峰如剑，天绝地险，是有名的地方，就叫做"猢狲愁"。

火花一旦放上去，轻功再好的人也无法飞身去撷。

——除非萧秋水不关心梁斗等人死活。否则一定得分心。心意一乱，即置死地，如果萧秋水不关心，便不必来华山硬闯了。

——就算萧秋水不为所动，但先把梁斗等诛杀，以防万一，而且无疑给萧秋水心理上一个重击，也是好的。

费逸皇作如此想。

萧秋水勒然未动。

但火花忽敛，原来萧秋水背后陡张出两面小网，撒向半空，一左一右，收入竹筒，抽了回来。

原来萧秋水背后有人！

也不知怎的，费逸皇的心神，像给萧秋水的气势吸收过去似的，而且他自磴道一直延蔓上来，角度刚好遮去了藏在萧秋水背后的人物。

而在萧秋水背后一直匿伏着三人，一字成行地拾级而上，且没让费逸皇发现。

其中两人在萧秋水背后说："不要怕他燃起信号，""我们有办法。"

——所以萧秋水才不急的，才不动的。

这两人当时打开其中一个麻袋，即放出小网，套住竹筒，收了回来，费逸皇的讯息，费家的人是收不到的了。

这两人是裘无意座下的高手——丐帮的有袋弟子，向来都有很多出人意表的法宝与绝技的。

萧秋水就在此时冲了上去。

风势向下，极厉，故此陈、秦二人向萧秋水低声说的话，位居其上的费逸皇丝毫听不见。

但上冲之势因此而稍慢。

这一慢正在费逸皇因竹筒被网心神震动时。

两人所处地利在这瞬间恰好扯平。

萧秋水冲上，挥剑，费逸皇一犁劈下。

"当"的一声，火星四溅，连太阳乌金亦为之失色。

阳光本来照在萧秋水的脸上，萧秋水要眯起眼睛，才隐约可以见敌。

但火星四溅的一刻，两人皆目不能视物。

这下又恰好把天时之利扯平。

萧秋水就在目不能视的这一瞬间，以原来认准地形的直觉，闪身而上。

他间不容发地在费逸皇挥舞犁锄的缝隙穿了过去。

费逸皇再睁目时,只见下面石磴是三个陌生人。

萧秋水已不见!

糟糕!费逸皇猛回身,山岚扑脸,阳光耀眼,费逸皇用臂遮眼,就在这刹那间,他看到了萧秋水就在自己上面。

也在同时间,萧秋水猛蹲身,费逸皇只觉金阳乱舞,而"嗤"的一声,萧秋水的剑自下胁刺入他胸里!

他狂嘶,一犁击下!

这一下开山劈石,势无可匹!

萧秋水斜飞,落于山壁所谓半个足尖的"鹞子翻身"之处,贴壁稳住(在此石壁悬有一铁轭,凿有石孔,传为老君挂犁,乃由太上老君骑青牛附会而成,谓触此铁犁者,可获莫大幸运也,但历经万难始获幸福之寓意却是甚好。只容半足之石孔,乃供人攀登之途径)。

费逸皇挥犁乱舞,追上数尺,却倏失萧秋水踪影。乱挥数十下,眼前一片金星,铁犁飞脱,落入涧中。

费逸皇摇摇欲坠,萧秋水飘然而下,"唰"地抽回他体内的长剑,鲜血乍然狂喷,萧秋水轻轻叹道:"你去吧。"

费逸皇想说话,却喷出一口血箭,终于错踏一步,呼地坠落到万丈深崖去。

这时阳光照在秦风八等人的脸上,只见萧秋水高大黑沉的身影,配合着远处背景耸峙如魔峰的峦嶂,脸目甚不清楚,只传来了一声低沉的语音:

"这是第三关。"

第壹伍回 没有脸目的人

——靠人打仗要失败，靠人吃饭是混账！

华山北峰即为云台峰，东西皆绝壁，峰顶有北极阁，既雄丽，又秀美。真是天苍地茫，雾云飞散，群山尽失，好似到了绝境。

北峰上，没有人的踪迹。

萧秋水从费逸皇要放烟火向"山峰上"的人示意诛杀梁斗等人断定，被掳的人必在华山五峰上，可是究竟在哪一峰呢？

北峰没有，即赴中峰。

北峰以南，有岭中间突起，形同鱼脊，谓之苍龙岭。岭左凿有小道，阔不及尺，下临绝壑，深不可测，行人至此，缓扶壁过，耳可触石，故名"擦耳崖"。

如果在这隘道上埋有伏兵……

没有伏兵。

却有血迹。

斑斑的血迹，令人触目惊心；但没有尸体。

尸首必在格斗后给扔落山涧。

——是谁先来过？

萧秋水等人越山脊而上，两崖深不见底，凡险峻处，如身置太空，肝摇胆撼，即名"阎王碥"，乃华山绝险之地，行人视为生死关头。在这绵亘三里的苍龙岭中，孤壁绝悬，非莫大勇气无法前行。

萧秋水等虽艺高胆大，但见此天险，也不禁感慨人豪莫如天之豪。

苍龙岭龙脊山脉之尽处，乃最高处，倘再前进，便从崖下折身反度，亦称"龙口"。龙口之上，有峰"五霄"，即为中峰。再上为"馀镇关"，关额题曰"通天门"，杜子美诗所谓"箭栝通天有一门",即指此门。

相传当年韩退之登此"龙口",道途未辟,陡险更难,并此而豪气尽,在"龙口"逸神崖处,刻有"韩退之投书所",而韩昌黎也有诗云:"悔狂已咋指,垂诚仍镌铭。"在这蜿蜒如龙,石色正黑,镇守东、西、中、南峰四崖的金锁关上,缓缓走下两个人。

两个头戴斗笠,身着华衣,腰系金兰袋的两个人,自上而下,和寂无声地走来。

就像两个幽灵般的人。

到了此时,费家的高手可谓伤亡过半,这走下来的一男一女,却又是谁?

这两人从鱼脊般的山坡上走下来,且无风自动,衣袂卷起。

秦风八和陈见鬼都要冲上前去,萧秋水拦住,大声道:

"在下萧秋水,来意是找回我的兄弟朋友,请两位前辈示予明路。"

那男子阴阴地道:"你能来得了这里,想必已过了三关。武功必然了得……"

那女子幽幽地道:"你跟上官伟达一族,多少都有些关系吧?"

萧秋水一怔:上官伟达一族?萧秋水不能理解,他只知道"慕容、上官、费"是武林中三大奇门,至于上官族跟费家有什么瓜葛,他可不晓得。

但是陈见鬼知道。陈、秦两人对武林掌故,似比他们的武功更要高明一些。

他立即悄声告诉萧秋水:"上官族的族长就是上官伟达;据说昔年费家之所以与慕容家为敌,就是为了上官伟达。结果上官伟达出卖了他们……以致费家孤立无援，节节落败。"

秦风八也道："这两人很可能就是费家的'亡命鸳鸯'，费渔樵次子费士理和其妻皇甫璇。"

只听那男的森然道："不错，就是我们两个。"

那女的黯然道："我们都是没有脸的人。"

他们说着，各反手一拳打飞自己头上的竹笠。

笠飞去，出现在萧秋水等人面前的，是令人战栗的情境。

这两个人，脸上一片模糊，竟全无脸目。

——两个穿华衣，但失去了五官的人！

连艺高胆大的秦风八、陈见鬼都惊得不由自主，往后退去。

"不错，我们是没有脸目的人。"

"我们要候到手刃仇人，才能恢复脸目！"

乌云密集，涌盖卷积。这两人在桀桀笑声中，长空飞来，一人执剃刀，一人持眉尖刀，飞斩过来。

萧秋水的心亦如乌云盖涌，起伏不已：怎会有人真的没了脸目！

……就在这一迟疑与犹虑间，先势尽失，两柄长刀，比风云还要密集，飞卷萧秋水。

萧秋水立即稳若大树，无论对方两柄刀如风雨交加，他仍旧老树盘根，不为所动。

叱喝连声，这一对夫妇，华衣飞闪，出尽浑身解数，抢攻萧秋水。

如果萧秋水此时反攻回去，在这雷电风雨的刀法下，只怕很难有活命之机——但萧秋水一开始就用守势，抱定决心："等"。

在他还没有完全摸清这对夫妇的攻势时，"死守"是一种最好的应对方法。

萧秋水专心全意，发挥着铁骑、银瓶的武当剑法，这跟蓝放晴与白丹书的疾迅傯怠剑法，又大相异趣——它只是用最少的精力，最少的身法，却以"黏""带""祛""封"等字诀，借力打力，使敌人为之筋疲力尽。

此刻费士理、皇甫璇就有这种感觉。

而且愈战下去，这种感觉愈深。

"亡命鸳鸯"简直已气喘如牛。

但他们也立即改变战略，一阵快刀后，忽以宽袖一遮脸孔。

萧秋水依然镇定以剑招化解来势。

他们袖子一挪，张口一喷，只见一团火和一道黑水，直射萧秋水。

就算萧秋水退避，也来不及；扑前去，则只有送死——就在这时，萧秋水不见了。

费士理夫妇只觉眼前一空：萧秋水已不见。

就在这一愣之际，"呼"的一声，萧秋水双脚钩住岩石边缘，又整个人"荡"了回来。

费士理、皇甫璇急忙伸手入腰畔的金兰袋中去。

且不管他们所拿出的是什么兵器和暗器，萧秋水已不给他们第二次机会。

他双掌拍出，正是"残金碎玉掌"，这闪电般的一击，在两人未将手掏出袋子之前，已按在他们额顶上——

可是没有拍下去。

然后萧秋水一个跟斗，翻落在丈外，飘然落地，抱拳道："承让……"

费士理、皇甫璇二人"幸而"没有脸目，否则一定是脸色极为难看……对方以一人之力，击败了他们两人。

又过了好一会，天微微下着小雨，费士理才涩声道："你……你究竟是谁？"

萧秋水不想多造杀戮，所以仍然恭敬地道："晚辈萧秋水。"

皇甫璇仍然惊疑地道："你……真的不是上官族的人么？……那……那你又来此做什么？……"

萧秋水情知事有蹊跷，于是道："在下跟上官一族，素不相识。在下来此，不过是因好友兄弟，全为你们费家的人所掳，所以上华山来讨人……可是沿路上都遇到截杀，在下不得已为求自保，搏杀多人……"

费士理听到此处，长叹一声，向他的妻子痛忱地道："错了！错了！这次老爷子错了！既要对付上官族的人，何苦又惹萧秋水！"

皇甫璇凄婉地说："老爷要激萧……萧大侠出来，是为了'天下英雄令'，有了这面权杖，朱大天王才会帮助我们，恢复家声，并且对付上官族的人……"

费士理悲声吭道："现在对付个屁！旧仇未雪，却又惹强仇，反让人乘虚而入……事已至此，朱大天王又哪里有半分支援！靠人打仗要失败，靠人吃饭是混账！爹！你怎么这般糊涂呀！我们已错了一次，还不够吗？！……"

皇甫璇扯着她丈夫的衣袖也哭道，"天——费家的灾难，怎么没完没了……"

这可把萧秋水、秦风八、陈见鬼、疯女都愣立当堂，不知这对"没有脸目"的夫妇，在搞什么玩意，总之让四人如同丈八金刚，摸不着脑袋。

萧秋水恳切地道："两位……我们真的不是上官伟达族的人……这究竟是怎么一回事呢？"

费士理毅然又坚决地，向他同样没有脸孔的妻子说：

"……上官族的人定必到来赶尽杀绝，又何必再害人？我们不必守在这里，让爹一个死守东峰。"

他妻子凄然点头。费士理向萧秋水道："你的朋友就被困在南峰老君庙中……"他拿了一大串锁匙，道：

"因有敌来犯，该处已无人把守，你们自个儿进去，……我已经毁掉那儿的机关，救人无碍……"

萧秋水接过锁匙，其他人都很欣然。但心里又被这对"没有脸目"的人之伤情所吸引着。

"究竟是为了什么？"

"费家与上官族有什么过节？"

他们七嘴八舌地说。萧秋水诚恳地问道：

"这释友之恩，秋水铭感五中。但无功不受禄，我等一路上山，都发觉有人跟踪，似是与费家为敌……"

话未说完，费士理悸然疾道：

"是不是五个身着不同颜色、头戴竹笠的人？"

"是。"

只见费氏夫妇两人身形为之摇晃，噔噔噔退了三步，对视嘶声道：

"他们来了!"

"爹危险!"

便急欲掠出,萧秋水作势一拦,费氏夫妇把身形一凝,目光甚有敌意。萧秋水说:

"究竟怎么一回事?两位对我有释友之恩,请告诉在下,或可尽微薄之力。"

夫妇俩对一眼,两人见识过萧秋水的功夫,皇甫璇颤声问:

"你……你愿相助我们?"

萧秋水断然道:"那要看我们的朋友是否无恙。"

皇甫璇急道:"无恙,无恙……老爹擒他们,只是要逼你出来,旨在'天下英雄令'……绝对没有伤害他们。"

费士理叹一声,道:"诸位,我夫妇俩之所以没有脸孔,不是天生如此,而是易容之术……"

萧秋水颔首道:"我看得出来。可却是为了什么?"

费士理道:"只因我俩可耻大辱未雪,血海深仇未报,便誓不与真脸目见人。因望将功赎罪,使到费家更势孤力单,才不敢求一死。"

皇甫璇道:"这真是血海深仇……"

费士理道:"如侠士肯相助,我则尽情相告。二十年前,祖父费怡汶为慕客世情所败,黯然西返,即专心训练门人,望我爹爹……就是外号人称'一线牵'费渔樵能重振家声。我爹费尽心机,将篡夺家产的伯父……费富宁……毒杀后,联合全家,那时我家声势如日之中天。……那却是上官族面临被唐家灭族的时候……"

费士理声音里无限感慨:

"那时上官伟达一族为唐门所迫,搏杀过半,上官家高手,只剩下'四小绝',即是上官伟达、上官波、上官马及上官月汗四人……那时他们来投靠我们,说是两家联合,求费家助他们一臂之力,始不为唐门所灭,那时候是上官伟达族长亲自来求,我为之心动,所以与阿璇一齐去恳求爹答应的……却不料因而嫁祸连绵……"

费士理悲吭地说着,皇甫璇也激动得全身抖哆着:

"我们把上官家灭族之危,挽救过来了,却也得罪了唐门的人……所以在武林十年一度世家争夺赛当时,唐门专以第一高手唐尧舜出手,击败家父……而上官族此时已投靠'权力帮',趁费家人心大沮之时,撬墙挖角,骗走了我们不少人……待我们发觉时,已很迟了,上官伟达还带人施杀手……那时'四小绝'已成了武林中的'四大绝'了……杀了我们七八名重要高手,然后才扬长而去……"

费士理激动得全身颤抖:

"于是费家又一蹶不振,而上官伟达人面兽心,不断前来骚扰我们。他们有权力帮撑腰,更有恃无恐……我们不得已,只好投靠朱大天王,以求自保,这样却又得罪了权力帮,唆使上官族速灭我家……这才引起了夺'天下英雄令'之心,望得此令便可号令群雄来援,却不料又因而得罪了少侠,成了朱大天王的利用品与牺牲物……"

萧秋水感喟地叹道:

"哦,原来是这样的,那我们也受了上官族的利用,来作前锋,破了你们所设的阵势……"

"便就是这样:而上官伟达得乘而入,全因我们夫妇推荐;所以我们恨绝了他。"费士理悲愤莫已,"我们自知是费家罪人,罪孽深重,不望宥谅,只求留得残生,手刃上官伟达……而我们在费家中,亦无脸目做人,所以把膜皮蒙在脸上,不再以真脸目示人;实无颜对天地、父母、友朋……"

皇甫璇悲声道:"但家里也不见谅。……所以我夫妇俩地位尽失,从此家人不屑与我夫妇说话,并起了疑心,这一次固守华山……仅把看守俘虏一责,交予我们而已……"

费士理截叱道:"那是应该的!谁再愿意相信我们?谁肯信任我们?……我们做了对不起费家的事,却死留不走,因知费家虽然看来人情冷漠,但亟须要人手,我们生为费家人,死为费家鬼……我们不能走!"

萧秋水感喟地道:"能有贤伉俪这等将功赎罪、死守不走的心意,确属难得!举世天下,富贵近之,贫贱去之,说不定还恼羞成怒,返回头咬一口,洋洋自得,可恨至极!……单为两位悲惨遭逢,萧秋水愿尽绵力,助两位以报此深仇!"

费氏夫妇大喜过望。费士理喜道:"那少侠是先救贵友,还是……?"

萧秋水疾问:

"令尊而今身在何处?"

皇甫璇抢着回答:

"就在华山东峰'博台'。"

萧秋水仰望天色,负手摇晃着锁匙。

"那五人想必已赶过头去,救人如救火,非急不可,我们先去看令尊大人再说!"

第壹陆回 二胡、琴与笛

——只是人世间一切，都如白云苍狗。人世一切，都是易变的，好像这些来来去去的悸雾，随手抓一把，都是没有实质的。

"博台"又名"棋亭",传说是宋代赵匡胤和陈抟老祖弈棋处。赵匡胤大败,将华山输给了陈抟老祖。至今亭内铁铸的残局犹在。在这铁铸高二尺余方亭内,有一面铁棋坪,铁棋子二百余颗,但多为人所取去,尚存数子,圆径逾寸。

另一传说是秦昭王令工施钩梯上华山,以松柏之心为博箭,长八尺,棋长八寸,而勒之曰,王与天神博于此,故谓为卫叔卿之"博台"。

华山一带,有陈抟老祖传说甚多,如"十字院"与"雪台观",便传为老祖隐居之地,常一眠数月不起,及闻赵匡胤陈桥嗣位,遂告人曰:"天下从此定矣。"

然则天下是不是真的就"从此定"了呢?

东峰(朝阳峰)、西峰、南峰鼎足而立,是为天外三峰,中峰、北峰则俯瞰如培堘,不能并媲。

朝阳峰气象万千,气势挺拔,真是清山秀水,昂然于天地之间。

华山志上有云,往老君犁沟要"敛神一志,扪索以登,切忌乱谈游说,万一神悸手松,坠不测矣"。但往东峰下棋亭,更为凶险。

至棋亭处虽由东南隅悬崖,两手攀铁索,垂直而下,至崖石稍微凹处,立足翻身,扪崖腹而过。时铁索斜横,其下凿孔,仅容半趾,以手攀索,须移数十步,稍一不慎,即粉身碎骨,是名"鹞子翻身"。

"鹞子翻身"之后,崖腹尽处,尚有铁索一条,但悬空攀索蹈孔,在乱草滑石间,度过两座山峰,才到"博台",可谓历尽艰辛，险上加险。

萧秋水、费士理、皇甫璇、秦风八、陈见鬼、疯女等一行六人，匆匆赶到了"鹞子翻身"之处。因知"前路险恶"，费士理深知诸山势，故说：

"我先过去。"

当下迅如猴猿，攀爬过去，皇甫璇则道：

"我殿后。"

六人中以萧秋水武功最高，即随费士理之后过去。

这时山风虎虎，云雾笼罩，时见山不见顶，岩山湿冷。只见游雾纷纷而过，时清时晦，连艺高胆大的萧秋水，也不觉有些呼吸急促起来。

费士理在前边攀爬，一阵浓雾飘来，恰巧翻身迫入了另一凹壁，萧秋水顿失其所在。

就在这时，没头没脑的半空间，忽闻衣袂之声，原来是飘落了三道人影。

衣影飘飘，而且脚底如有磁性而岩壁如似铁铸一般，竟斜飘而黏于壁上，萧秋水心头一凛，以为是上官族的高手，又乍以为是费家的暗算，就在这时，忽闻一声清穆的琴韵，然后是悠远的笛声，之后是幽伤的二胡韵律！

"是你们！"

这在萧秋水闯荡江湖一生中的，不断神奇地出现又不断神秘地消失的三个人。

三个人，三种乐器，曾启发他三种不同的境界、不同的考验！

——二胡、笛子、琴。

这三个人每一次出现，武功一次比一次高，而萧秋水的武功与心境，也是一次比一次拔高；上一次他们出现的时候，就是唐方出现的时候……

笛声更为悠扬，好像在车马蹄声寂寥里，有个少女在青石板的临街圆窗后思量……唐方！

萧秋水顿忘了攀索，失声叫唤：

"唐方！"

他的语音充满了切盼。他的眼眶如雾样潮湿。唐方，唐方……你该来了，唐方。

就在这时，"嗖嗖嗖"，三柄快利的剑，如同前次一般，凝在萧秋水的咽喉上！

"还是一样，"白衣年轻的温艳阳冷峻地道，"你一想唐方，就方寸大乱，不能作战。"

"再要是这样，"黄衣女子江秀音道，"你不但不能做一个剑客，而且也失去了当杀手的资格。"

"做剑客和杀手都是无情的，"黑袍的登雕梁说，"否则只有天下人负你，而你不敢负天下人。"

"你们是谁？"萧秋水的情绪还在唐方的幻失里，"你们……究竟是谁？"

萧秋水的脖子上已炸起了一轻轻鸡皮疙瘩，那三柄剑比山中泉水犹寒。

那三人望视一眼，洒然缓缓抽回了剑。

"你们是谁?"

"你们究竟是谁?"

萧秋水禁不住加问了一句:

"唐方究竟在哪里?"

陈见鬼、秦风八、刘友、皇甫璇等都听到了萧秋水声声的厉问。

白雾茫茫中,他们却什么也看不见。

他们想翻过山壁去,但一股凌厉的剑气……不,也许是沛然的天地之气,隔断了他们前进的勇气,粉碎了他们趋前的步伐。

这种精气之无所不在及凌厉,为众人平生首遇。

费士理在前头,也是同样,他想回头救援,但冲不破那无形的精气。

就在前后两方都在踌躇急叹之际,那三人慢慢地与浓雾混在一起,变成忽隐忽现:

"你们不要走!"

萧秋水挥剑怒斩厉问:

"唐方呢?"

——琴声、笛声、二胡声依旧。

只是人世间一切,都如白云苍狗。人世一切,都是易变的,好像这些来来去去的悸雾,随手抓一把,都是没有实质的。萧秋水青少年时期的战役、弟兄、地方、故事,无一不历历在眼前。那"听雨楼"前,水蓊花树下跟友朋练武,要澄清天下的一群歃血为盟立定大志,死里逃生的九龙奔江前之格斗,初遇唐方时那美丽温柔的夜晚……

此刻上不见天,下不到地,所触的只有岩壁,四周都是迷蒙……

上不到天,下不到地。

萧萧剑气。

萧秋水豁了出去。他剑气纵横,掌吐八方,在闪灭、迅奇、飘忽的乐音与剑法间穿梭。

——他反正已无天无地,长空间只剩下了个自己。

他竭尽所能地发挥了武术的淋漓尽致。

万古云霄一鸿毛。他只是一个仗剑的决斗者,要完成他的生命,要突破他眼前的一切阻挠。

衣袂飞飘,韵乐游走。忽而三柄剑一齐压住他的剑身。

二胡、笛子、琴,却一齐向他递袭而来。

背后是坚实的岩壁,上不通天,下不抵地……萧秋水想出掌,但对方是乐器,不是兵器呀……

——什么兵器乐器,都是一样!

他一掌拍出,打碎了三件乐器。

——音乐倏止。

阒寂山崖上,犹如传来乐声陡止的悠悠娓娓余韵。

只听温艳阳清叱道:

"好!"

江秀音清脆的语音道:

"若问我们是谁,且待下次见面。"

登雕梁说道:

"我们走!"

这三个字一响起,只见一黑、一黄、一白,三道人影,在山崖间斜掠而上,瞬间消失不见。

萧秋水兀自怔忡。

……乐韵似未尽消……

当皇甫璇等可以踱得过这一片岩崖时,萧秋水已"鹞子翻身",到了对崖。

费士理急得满头大汗,扶住了他,正要问个究竟,只见萧秋水脸色一片白,眼色奇异但深不见底,反而先问了费士理一句话:

"在哪里?"

"什么在哪里?"费士理一时没有听懂。

"棋亭。"

"哦,就在前边。"

"好,到前边去。"

萧秋水望着费士理那没有五官、五官要等待复仇后才能再次掀现的脸,这样地说下了这句话。

——究竟发生了什么事情?

费士理心中嘀咕着:

——难道就在适才,崖那边发生了什么令萧秋水再世为人的事情?

初稿于只好抱持对大势之无法挽回,"天亡我,非战之罪"这悲伤想法之时期(一九八〇年三月九日)

重校于一九八五年中

自大马参加"全国现代文学会议"返港后。

三校于一九九三年七月十六日

《商报》将刊出访问消息，并开始连载《朝天一棍》／王春桂女士来函约稿可感／陕西版权代理公司沙庆超邀代理"六人帮""刀丛""箭""七大寇"等之版权。

修订于一九九七年十二月二十二日

维青自台来澳会面／与林维青、方娥真、梁应钟、何家和、陈新鸿、孙益华、邹家礼濠江会聚，出版港敦煌"追杀"、"亡命"、"妖红"、"惨绿"／孙提出"壹"凶案幕后"黑手"／温方何梁礼孙聚于葡京，送青霞、寂然请客才分手。

《闯荡江湖》完

请续看《神州无敌》

（京权）图字：01-2024-6201

图书在版编目（CIP）数据

神州奇侠．闯荡江湖 / 温瑞安著． -- 北京：作家出版社，2025.1

ISBN 978-7-5212-2733-8

Ⅰ.①神… Ⅱ.①温… Ⅲ.①长篇小说-中国-当代 Ⅳ.①I247.5

中国国家版本馆CIP数据核字（2024）第042711号

神州奇侠：闯荡江湖

| 作　　　者：温瑞安
| 责任编辑：秦　悦
| 特约编辑：焦无虑　张长弓　陆破空
| 装帧设计：合和工作室
| 出版发行：作家出版社有限公司
| 社　　　址：北京农展馆南里10号　　邮　编：100125
| 电话传真：86-10-65067186（发行中心）
| 86-10-65004079（总编室）
| E-mail：zuojia@zuojia.net.cn
| http：//www.zuojiachubanshe.com
| 印　　　刷：河北京平诚乾印刷有限公司
| 成品尺寸：142×210
| 字　　　数：154千
| 印　　　张：6.75
| 版　　　次：2025年1月第1版
| 印　　　次：2025年1月第1次印刷
| ISBN 978-7-5212-2733-8
| 定　　　价：46.80元

作家版图书，版权所有，侵权必究。
作家版图书，印装错误可随时退换。